KB005266

길이 우리를 데려다주지는 않는다

길이 우리를 데려다주지는 않는다

초판 1쇄 발행일 2016년 6월 15일

지은이 · 박용하 박용재
펴낸이 · 김종해

펴낸곳 · 문학세계사
주소 · 서울시 마포구 신수로 59-1(04087)
대표전화 · 02-702-1800   팩시밀리 · 02-702-0084
이메일 · mail@msp21.co.kr
홈페이지 · www.msp21.co.kr
페이스북 · www.facebook.com/munsebooks
출판등록 · 제21-108호(1979.5.16)

ISBN 978-89-7075-819-0 03810

이 도서의 국립중앙도서관 출판예정도서목록(CIP)은 서지정보유통지원시스템 홈페이지(http://seoji.nl.go.kr)와 자료공동목록시스템(http://www.nl.go.kr/kolisnet)에서 이용하실 수 있습니다.(CIP제어번호:CIPCIP2016013032)   +

길이 우리를 데려다주지는 않는다

박용하 박용재 형제 시집

문학세계사

동시

발문

박용재 시편

박
용
하

시
편

　　형은 어릴 적부터 부단히도 나를 아꼈다. 내 앞날을 신경
쓰고, 염려하고, 잘 되길 기원했다. 승부욕 강한 내가 훗날
문학을 하게 되리라곤 나 역시 꿈꾸지 않았듯이 형도 그랬
을 것이다. 문학은 나하곤 아무 상관없는 별의 이름 같은 거
였는데, 스무 살이 되던 해 그 별에 닿고자 무작정 항로를 탐
사하기 시작했다. 그러던 어느 날 내가 쓴 습작 시를 보였을
때, 형은 시 제목과 이름만 남기고 거의 모든 구절을 펜으로
뭉갰다. 무안하다기보다 적개심 같은 게 발동했고, '형이 시
에 대해 뭘 알아. 어서 탁자를 뒤집어엎으란 말이야!' 속에
서는 그렇게 도발하고 있었다. 벌써 삼십 년도 더 전의 일이
다. 형은 그 시절 이런 말도 했다. "훗날 형제 시집 한 번 묶
자!" 바람결 같은 형의 말이 현실이 되었다. 오늘날 내가 몰
락하지 않고 이렇게 버티고 있는 데는 형의 덕이 이만저만
한 게 아니라는 걸 내 몸은 새기고 있다.

2016년 6월

박용하

11

순간의 질식

저문 십일월의 문장 속으로
창밖 잎 진 나무와
말해진 진실의 곰팡이가
밀려왔다.

말해지고 닳아 해어진 사랑을
다시 말하기 위해
그 눈보라 속으로
그 언어의 충돌 속으로
우리의 시간이
목도리를 매고
꽉 조이고
여기로
늦게.

(1985년 11월)

방문

    허공만있으면새는어디론지간다새만있으면허공은웃고
찢어지게울며배꼽을뒤틀며기타소리도양철통빠개지는소
리도미친년의저녁웃음소리도내며이거리를떠다닌다엽서
쓰지않던계절에파란지붕이언뜻언뜻보이는언덕위에풍경
처럼땅을밀고하늘을당기는한마리의새는추억과기억을함
몰시키는시커먼방랑자다(행복의열쇠를잃어버린우리의자
물쇠는오늘도얼마나견고한가)밤이오면서새가나는계곡과
들판에눈이내린다저미지의노란손수건의인적도떨어져쌓
인다그러던어느날미처알지도못했던죽은새죽은풀들이밤
새도록우리를찾아왔다

    생의단편인저녁구름처럼

    (1985년 11월)

나무

나를 잊은

나무

내가 잊은

나무

잊은 나무가 갖는

적막의 나무

함박눈 속에 갇히던

나무

잎새는 더 이상

떨어지지 않는

십일월의

나무

그곳에서

나를 잊은

나무의

포기

오늘을 버린

내일의

포기

내일을 버린

오늘의

포기

내 내미는 손마다

닫혀 있는

창밖

나무

그리고

새의

포기를

포기한

나무가

포기 밖에서

가을을 서 있다

이 땅의 온갖 바람으로

몰려 앉은

한바탕 웃는

포기 밖의

나무

(1985년 11월)

용서합시다

무슨 까닭의 눈이 내립니다 오래된 사람을 미워하는
입과 입 구멍을 들락거리는 공기를 용서합시다.

저기 저 황혼에 지는 하늘 높은 새와 저물기 전에 떠나
간 사람을, 이유 없이 사람을 죽이는 사람을, 이유 없이
죽어가는 사람을, 오늘 용서합시다.

창을 향한 허파의 계단이 헉헉거리는 이 심각의 삶을
저 눈에 묻어 내리는 기억의 불씨를 밤이 새고 낮이 어두
울 때까지 용서합시다.

그리곤 용서를 죽입시다 밤바다에 앞서 오는 파도처럼
용서를 죽입시다 꽃잎과 복수가 진 하늘 아래 기나긴 고
요가 시작됩니다.

(1986년 1월)

비

비는 지붕 위에서 시작되어, 바다에서
다시 시작되어 하늘로 상쾌하게 상승한다
시커먼 구름 뒤의 뭉글뭉글한 햇살로 올라가
여름 하오下午 폭풍의 아들로 내린다

비는 내린다 올라갈 만큼 멀리 올라간
하늘의 구름 뒤에서 시대의 가장 큰 어둠을 뒤집으며
또다시 지상에 내리어 빛의 물방울을 낳는다

비는 가장 작은 물로 내려
지상의 가장 큰 한발을 소리도 없이 차곡차곡 적시며
사랑의 몸짓이듯 때론 격렬하게
어둠에 불타고 있는 나무와 풀과 도시와
인간의 집들을 적시며 파랗게 불빛 일으키며
여름 벌판에서 겨울 벌판까지
지상의 죽어가는 모든 풀꽃을 일으키며 불타오른다
이 비는 거의 꺼질 것 같은 나뭇잎의 등불처럼
자신을 지상에 파열하여 사랑의 불꽃을 일으킨다

오! 비는 하나의 거대한 불의 탑

생의 기둥을 쾅쾅 박으며 하늘로 치솟는 나무처럼
지상으로 내려오며 생명의 에너지를 뿌린다

비는 멀리에서 멀리로 흐르는 바다처럼
깊고 높게 자신을 던지며 박토의 땅을 적신다

(1989년《강원일보》신춘문예 당선작)

지구

달 호텔에서 지구를 보면 우편엽서
한 장 같다. 나뭇잎 한 장 같다. 혹
불면 날아가 버릴 것 같은, 연약하기
짝이 없는 저 별이 아직은 은하계의
오아시스인 모양이다. 우주의 샘물
인 모양이다. 지구 여관에 깃들여 잠
을 청하는 사람들이 만원이다. 방이
없어 떠나는 새 · 나무 · 파도 · 두꺼
비 · 호랑이 · 표범 · 돌고래 · 청개
구리 · 콩새 · 사탕단풍나무 · 바람
꽃 · 무지개 · 우렁이 · 가재 · 반딧
불이…… 많기도 하다. 달 호텔 테라
스에서 턱을 괴고 쳐다본 지구는 쓸
수 있는 말만 적을 수 있는 엽서
한 잎 같다.

구부러지는 것들

어깨가 구부러진 청솔들에게도 한때 빛나는 유년이
있었으리라. 보기보담 일찍 구부러진 공원의 낙엽들을 나는
좋아한다. 구부러지는 식물들 그것은 윤회를 닮아 있다
강물은 오늘도 무서운 속도로 상류의 물들을 하류로 실
어 나르고
둔덕의 풀꽃들은 그림자 길게 휘어 달빛을 잡는다
그리고 나는 세상을 휘휘 젓는 직선에 괴로워한다
등이 구부러진 과일들, 등이 구부러진 노인들, 등이
구부러진 황소, 야! 아예 온몸이 구부러짐의 시작의 끝
인 시작의
둥근 공과도 같은 하루는 있는 것일까
구부러지다 바로 서고 바로 서다 구부러지는 풀
나는 그 풀들의 유연성을 삶이라는 이름으로 곰곰 되뇌
어 본다
구부러지는 것들은 자연의 숨통을 닮아 있다
흘러가는 강의 휘어짐
세상에서 세상 밖으로 이어진 길들
한 사람에게만 마음이 휘어진 여자
하지만, 구부러진다는 것이 너에게 굽실거리는 것과 같
을 때

그것이 통념일 때 우리는 압제된 사회에 살고 있네
겨울바람에 구부러지다가도 바로 서는 한겨울의 나무들을
나는 좋아한다
구부러지는 것들
구부러지다가도 도저히 안 되겠다며 바로 서는 것들
그와 같은 것들은 너무 적다

(1989년 제11회 《문예중앙》 신인문학상 당선작)

아무것도 아닌, 그러나 전부인

그런 것들을 사랑하리
서울에서의 삶은
환상도, 장밋빛 희망도, 모욕도, 환멸도
개똥도 아무것도 아니다

아닌 것들을 사랑하리……

이미 한 살 때
어쩌면 더 오래된 슬픔의 옛날인
내 추억의 폭풍우와 바다인
감히 백 살 때

나는 인생이 빛도 어둠도, 눈물겨운 휴가도
정말이지 눈물겹게 말린 김밥도
소풍 가는 도시락도, 너도

아무것도 아닌, 그러나 전부인
삶의 이슬임을 알았다

아닌 것들을 지독하게

사랑할 수 있을 때까지 사랑하리……

서울에서의 삶은 나무도, 나무를 생각하지 않는 자동차도
굴러가는 쓰레기도, 남창도, 탁자도 아무것도 아니다

아닌 것들을 사랑하기 위해
너무도 많이 흘러가 버린
시간의 햇살과 나이의 자갈밭에서……

바다로 가는 서른세 번째 길

굴참나무 숲 너머 자작나무 숲이 아름다운 날이다
비가 오고 바람이 불고 태풍이 그 나무속에 있다
나는 길 위에 있고 파도는 길 밑의 길까지 밀려온다
나는 태양을 향해 걷고
태양은 내가 걷지 않는 길까지도 걷는다
그것을 음악이라 이름 부르면 삶은 깊어진다
바다로 가는 길 위에는 단지 세 그루의 나무만 서 있다
나무에 영혼이 없다고 믿는 사람의 영혼에도
나무 세 그루는 서 있다
이 길 위에서 너무 많은 것을 요구할 수는 없다
그대가 이 세상 한구석에 골목처럼 접혀 있어도
구석은 이미 보석과 같다
나는 길 위에 있고 길은 내 밑의 사랑 위에 있다
태양의 빛이 끝나는 길 위에는 달빛의 길 또한 흐르고 있고
수평선이 하늘로 빠지는 다섯 번째 둔덕에서 부는 휘파
람은 스산하다
그때 내가 읽었던 소설은 누가 바람을 보았는가이다
그 소설은 내가 숲으로 가는 열한 번째 길 바깥에서이다
사람이 가장 나중에 사랑해야 할 것이
여자라고 씌어 있던 소설은 적요하다

길 위에서는 돌을 사랑하고 돌을 흘러가는 강물의 흐름을 읽고

일곱 번째 바람이 부는 저녁 그 돌의 가슴 속으로 들어가

그 돌의 여자가 되어야 한다

그 강물의 창문은 하늘을 위한 것이지만

무엇보다 그대를 위한 것이다

바람이 알맞게 불고 봄 저녁이었고

포구에는 배가 불빛에 지치고 있었다

자작나무 숲 너머 사람이 아름다운 저녁이 있고

그 숲을 지나 지구로 가는 길 한가운데 있는 자전거가 아름다운 날이다

나는 바다로 가는 길 위에 있고

그대는 내가 가는 길 끝에 있다

나는 그 길을 가장 낮은 천국으로 가는 첫 번째 길이라고 이름 불렀다

파도

지구에 앉아 우주의 나뭇잎 같은 초승달을 바라볼 때마다 나는 기억의 심연에서 헤엄치는 구름에 걸려 있곤 합니다. 내 귀는 바다의 껍질을 벗기고 파도의 즙을 마십니다. 언제 들어도 파도란 어감 참 좋습니다. 파릇파릇한 바다의 새싹, 나는 거기에서 태어났습니다. 그리하여 내면을 갖게 되었습니다. 달 잎에 앉아 대양을 바라볼 때마다 태양의 심연에서 헤엄치는 빛에 걸려 있곤 합니다. 언젠가는 그곳으로 가 삶을 숨기겠습니다.

지난해 대진항에서

십이월 말이었네
우리는 차를 끌고
7번 국도를 따라
무작정 북쪽으로 가고 있었네
햇빛 비늘이 간간이 떨어지는 날씨였네
우리는 그리 젊지도 않았고
돈 또한 넉넉하게 갖고 있지도 않았으며
그렇다고 마냥 시간이 많은 것도 아니었네
단지 우리에겐 조그만 차가 한 대 있었고
들을 만한 몇 개의 카세트테이프가 가족처럼 있었네
어떤 특별한 이유가 있었던 건 아니지만
우리는 북쪽으로 가고자 했으며
우리가 가는 북쪽엔
이박삼일간 사라지기 좋은
항구 하나가 정박하고 있었네
도로는 향기로웠고
피터 폴 앤 메리의 음악은
세상 속으로 사라진 사람들의 안부를 생각나게 했고
해풍은 그녀의 머리칼을 보여 주기에 적당했네
고적하게, 십이월 말 고적하게

무슨 특별한 목적도 없이

마라톤하기 좋은 길을

페티 페이지의 노래를 들으며

맛있는 해안선을 따라

무작정 북쪽으로 가고 있었네

곧 눈이 올 것 같은

폭설이 우리를 가둬도 좋을 것 같은 날씨 속에

우리는 도로를 비행했네

동해안을 따라 우리는 북쪽으로 비행했으며

이박삼일 간 숨어 지내기 좋은 항구가

우리 앞에 먼저 착륙하고 있었네

수평선에 걸린 배 한 척 스르르 사라지고

파도는 앞에도 파도였고 뒤에도 파도였네

항구와 해변을 쏘다니던 그 옛날의 일곱 살 소년처럼

나는 바다에 감겼으며

지난해 대진항에서

우리는 스산하게 따스했네

스산하게 행복했네

십이월 말이었네

우리는 차를 끌고

7번 국도를 따라

무작정 북쪽으로 가고 있었네

우리는 그리 늙지도 않았으며

그렇다고 젊다고 할 수도 없었으며

가진 것도 많지 않았으며

어떤 특별한 이유가 있었던 건 아니지만

우리는 북쪽으로 가고자 했으며

우리가 가는 북쪽엔

지도에서 사라진

항구 하나가 홀연히 정박하고 있었네

부탁을 거절하며

나같이 힘없는 사람에게도 부탁이 온다
몇십 년 만에 겨우 연락이 됐다며
당장 행사용 축시를 써 달라고 태연하게 말하는 것이다
이때 거절하라는 나와 거절 못 하는 내가 싸우지만
대개 내가 진다는 것이다
아마도 내가 모질게 잘라 거절하지 못하리라는 것을
저쪽이 먼저 아는 모양이다
게다가 부탁은 하나같이 안면을 깔아뭉개며
비닐 웃음을 덮어쓰고 왔다
그러고 보니 부탁과 청탁의 나라에서
나는 참으로 서툴게 서툴게 살아왔다
그런 나 역시 부탁을 하는 날이 있다
그때 나는 거짓말하는 사람처럼 작고도 작았었는데
어떻게 된 건지 부탁이 왔을 때도 그랬다는 것이다
그러니까 네게 글 부탁을 했을 때 나는 죽어갔던 사람이고
네게 돈 부탁을 했을 때 나는 곱절로 죽어갔던 사람인 것
이다
그래서 부탁을 초인종 누르듯이 하며 사는 사람의 생활을
들여다보길 나는 지극히 꺼려 왔다
그러나 한 가지는 분명하다

부탁을 하는 너보다

부탁을 받는 내가 늘 더 쓸쓸하다는 것이다

원수

1

너를 포기하기 전에
나를 포기하기가 언제나 어려웠고
너를 무시하기에는
너의 힘이 너무 강대했고
너를 넘어서기에는
나의 포기가 너무 졸렬했다
너를 포기하기 전에
나를 포기하기가 언제나 어려운 것처럼
늘 새로운 원수가 나타나는 것이다
원수와 싸우면서 원수를 닮지 말아야 한다는 말
원수 같았다

2

옛날 책에는 좋은 말이 많다
좋은 말일수록 살짝 쳐다볼 필요가 있다
옛날 책의 좋은 말을 펼칠 때처럼
삶이 펼쳐지지는 않는다

옛날 책 파먹는 그 녀석은

어느덧 약장수가 다 됐다

이젠 책 읽는 것도 넌더리가 난다

말만 많은 세상에 눈앞의 생활은

타협도 협상도 도무지 어렵다

잠을 푹 자는 것도 쉽지 않다

잠을 푹 자야 하는데

원수를 베고 누웠듯 잠이 안 온다

그러던 여름 대낮 도착한 엽서에는

내 뒤통수치는 놈들은 왜 없어지지 않는지

그렇게 적혀 있는 걸 보니

옛날 책의 좋은 말이 다 우스워 보였다

이 웃음은 굳이 지혜를 구하지도 않고

아무 원군도 없이 생활을 들었다 놓는다

그는 시체처럼 잠을 잔다

그것은 마치 고구려처럼 먼 시절에나 들었던 말로 들린다

견자

누가 자꾸 삶을 뛰어내리는가
누가 자꾸 초읽기 하듯 심장을 뛰어내리고 있는가

그렇다면 네 영혼은?
네 손목은? 네 발목은?

누가 자꾸 지구를 뛰어내리는가
누가 자꾸 햇빛과 달빛을 뛰어내리고 있는가
눈물도 심장에서 뛰어내린다

그렇다면 네 슬픔은?
네 진눈깨비는? 네 고통은?

너의 심장은 발바닥에서부터 뛴다
너의 노래는 머리카락에서도 자란다

그렇다면 네 피는?
네 시선은? 네 호흡은?

물에 빠진 사람은 물을 짚고

허공에 빠진 사람은 허공을 짚을 때처럼
빠지는 것을 계속 짚을 때처럼

누가 계속 죽음을 뛰어내리는가
누가 계속 초읽기 하듯 심장을 뛰어내리고 있는가

행성

그러니까 매순간 살아야 한다
그러니까 매순간 죽어야 한다
그러기 위해선 날아야 한다
매순간 심장을 날아야 한다
그러니까 심장을 날기 위해선
매순간 사랑해야 한다

그러니까
지금 사는 곳이
늘 가장 깊은 곳,

그러니까
우리 겨드랑이보다
우리 어깻죽지보다 넓은 곳은 없어라
그러니까
우리 눈동자보다
우리 머리카락보다
우리 손등보다 깊은 곳은 없어라

그러니까 매순간 빛이어야 한다

그러니까 매순간 어둠이어야 한다
그러기 위해선 살아야 한다
매순간 심장을 살아야 한다
그러니까 심장을 살기 위해선
매순간 죽어야 한다

그러니까 매순간 태어나야 한다
그러니까 매순간 삶을 까먹어야 한다

어머니

할아버지가 부려먹었다
아버지가 부려먹었다
첫째아들이 부려먹었다
둘째아들이 부려먹었다
첫째며느리가 부려먹었다
둘째며느리가 부려먹었다
첫째손자가 부려먹었다
둘째손녀가 부려먹었다

밥 번다는 이유로
평생 싼값에 부려먹었다

회초리같이 가느다란 사람,
암에 걸려 수술대 위에 걸려 있다

포옹

희미한 어둠 속 계단에 서서
그대 등 뒤로 손을 깍지 껴서 이승을 불 밝히면
심장 저 멀리 낮게 엎드린 내 눈물
그대 머리카락 적시러 지상으로 온다

치미

처음 본 그 여자의 날개는 인디언 추장의 깃털 머리 장식
같기도 하고 찬탈을 앞둔 수사자 갈기 같기도 하다

처음 본 그 여자의 성기는 뭐라 말하기 어려운 서러움
같기도 하고 그게 뭔데 그거 때문에 일생을 도리질 칠
까 싶어

여러 날 이리 살피고 저리 뜯어보기도 하지만
그 심장과 허파의 곡절 어찌 헤아릴까

처음 본 그 여자의 날개는 뿔 달린 해일 같기도 하고
이집트 벽화 속 수렵하는 남자의 측면 머릿결 같기도 하다

처음 본 그 여자의 젖가슴은 마음의 평화 같기도 하고
가도 가도 아랫도리를 벗어날 길 없는 생 같기도 하다

처음 본 그 여자의 아가리는 변심과 질투가 들끓는 공중
정원
같기도 하고 식욕과 성욕 위에 세워진 두려움 같기도 하다

아아, 어쨌거나 그 여자는 내가 가질 수 없는 여자고

처음 본 그 여자의 머리카락은 고구려 장수의 투구 같기
도 하고
더 이상 망할 게 없는 체로키 인디언의 생로병사 같기
도 하다

두 번

두 번 가지 않는다, 인생은
두 번 오지 않는다, 시간은

한 번 오고 한 번 간다
올해의 저 포도나무 눈동자는

한 번 가 버리면
다시는 못 올 빛처럼

올해의 저 자두나무 벌꽃은
올해의 저 사과나무 가슴은

두 번 가지 않는다, 휘파람은
두 번 오지 않는다, 돌무덤은

한 번 가면 그뿐, 그것뿐
다시는 돌아오지 않을

이 순간의 호흡에 살다
이 순간의 시선에 죽으리

두 번 가지 않는다, 여름은
두 번 오지 않는다, 죽음은

두 번이 아니기에
매순간이 끝이기에

오늘이 인생이고
지금 이 순간이 미美다

다시는 돌이켜지지 않을 것들을
단 한 번 만나듯이

지금 이 순간에 출발하고
지금 이 순간에 도착하리

네 몸에 새긴
내 젖은 발자국은

두 번 가지 않는다, 네 입술은

두 번 오지 않는다, 네 짝짝이 가슴 유두는

우리가 떠나고 나면
저 돌은 어디로 남겨지나
저 돌의 자식들은

우리가 떠나고 나도
여전히 어둠을 묻히고 있을 저 돌은

눈

슬픔은 아랫도리 가린 손등 같고
슬픔은 아랫도리 가린 얼굴 같고

슬픔은 앞다리 부러진 사자 같고
슬픔은 목줄만 남겨진 개집 같고

숨소리 가득한 밤 너는 내게로
공중에 추억을 새기며 왔다

슬픔은 돌아올 수 없는 사람 같고
슬픔은 돌아갈 수 없는 눈발 같고

슬픔은 내린 눈 위에 얼어붙은 발자국
위의 자꾸 내리는 눈 같고

조용한 밤에 너는 그토록 외롭게 왔다
네 발로 공중을 파헤치며 왔다

낮 그림자

내 맘대로 안 되고
내 뜻대로 안 된다

그건 서글픈 일
조금 고요한 일

내 그림자조차
내 맘대로 안 된다

그건 서러운 일
조금 호젓한 일

도대체 내 몸대로
할 수 있는 게 뭐람?

비빌 언덕이
자기 자신밖에 없고

나하고 놀 사람이
나밖에 없는 사람

그건 쓸쓸한 일
조금 꿈같은 일

아무리 둘러봐도
내가 이길 수 있는 사람은
나밖에 없고

내가 손볼 수 있는 사람도
나밖에 없다

그것조차 쉽지 않다

나는 나한테도
수없이 당한 사람이다

나는 나를 믿지 않는 사람이다

사월 오후

시인 두보는
꽃잎 한 조각 떨어져도 봄빛이 줄어든다 했네

왕벚꽃 잎 흩어져 허공을 밟고
자두 바람 몰려와 나뭇가지 핥네

사람 싫어하는 내게도
좋아 죽는 사람이 있고

그 사람 이 세상에서 나가면
세상 빛이 줄겠지

오늘 살구꽃 무참하게 진다야
당신 가슴속은 뭐하는지 이 마음은 묻는다

너 보고 싶어
네 눈빛 건지고 싶어

못 견디게 견디는
사월 오후

세상일 하나같이 내 뜻과 멀고
네 몸 역시 내 맘 같지 않네

자정과 새벽

조용히 눈 내리던 밤을 잊을 수 없다
눈 많은 고장에서 흰 정적처럼 자란 나

어머니는 객지에 계시고
할아버지는 라디오를 듣고 계시고

한겨울 취송 가지에
희게 희게 적막 쌓이는 밤

척추 꺾이며 내지르는
아름드리 소나무들의 비명
십 리까지 간다

그런 밤을 잊는다면 그건 내가 아니다
그런 내가 지금 조용히 눈 내리는 타관의 밤을 맞고 있다

내 이마에 와 닿는 눈송이를
이미 나를 지나 다시 만날 일 없는 곳으로 가 버린 사람
이나
아직도 나를 지나가지 않은 사람이 처음 오는 것처럼 맞

고 있다

　이렇게 눈 깊어가는 겨울밤이면
　동해의 높은 파도 소리를 잊지 못하는 것처럼
　폭설에 파묻히던 영동의 그 소나무들을 잊지 못하는 것
이다

강릉

허벅지까지 쌓인 눈
녹아 영嶺에 스미면
반짝이는 봄 냇물
동해가 데려 가리

한 남자

이 가을
술 고프다

이 가을
말 고프다

이 가을
피 고프다

빛이
물드는

이 가을
인간이 고프다

하늘바다

바다는 자신이 그렇게 시퍼런 줄 몰랐고
하늘은 자신이 그렇게 새파란 줄 몰랐다

바다는 모든 물을 다 받아 줬다
그러고도 넘치지 않았고 지나치지 않았다

하늘은 모든 굴곡을 다 받아 줬다
그러고도 모나지 않았고 일그러지지 않았다

하늘은 바다를 덮고 지상을 다 덮었다
그러고도 짓누르지 않았고 무겁지 않았다

바다는 자신이 그렇게 깊은 줄 몰랐고
하늘은 자신이 그렇게 넓은 줄 몰랐다

하늘바다는 깊고도 넓고도 높았다

이 바닥에서 놀다 보면

바닥이 꺼지는 날이 온다

다 깨지고 비늘을 홀홀 터는 날이 온다

공적으로 뻔뻔한 날이 오고

사적으로 뻔한 날이 온다

아무리 닦고 조이고 기름 쳐도

몸이 기억하는 기억을 마음이 무서워하는 날이 온다

어제를 찢듯 오늘의 나와 결별해도

어떤 날은 분노 조절이 안 되고

어떤 하루는 세상에서 제외된 사람처럼 하루를 즐겼고

어떤 달은 시를 쓰면 쓸수록

자꾸 더 쓰고 싶어졌고

어떤 해는 사랑을 하면 할수록

자꾸 더 하고 싶어졌다

어떤 주일은 날지 않고 알아서 기고

어떤 하루는 원피스를 들추고 바람을 수놓았다

어떤 날은 네 브로치 속으로 들어가

네 몸이 열어 준 첫 유두에 입술을 댔고

네 눈빛을 네 심장이 올려 보낸 음악인 양 듣다가 왔었다

그러다가도 싫을 땐 인간처럼 싫은 게 없었고

인간이 싫을 땐 손톱 발톱

그가 지나다니는 거리까지 싫었다

인간이 싫은 병이 병명이었고

인간을 구하는 특효약도 인간이었다

어떤 날은 망상을 하면 할수록

자꾸 과대망상이 더 하고 싶어졌고

망상을 꼬리 자르려 하면 할수록

피해망상이 더 극성을 부렸다

죽기 전에 죽는 사태가 벌어졌던

나는 금 가고 깨지고 부서지고

지병인 읽기와 쓰기와 함께

거의 맛이 가기도 했던 사람

민폐와 작폐와 자폐였던 사람

그러던 어느 해 사월, 신부와 결혼을 떠나자

내가 나를 감당 못하는 날들이 펼쳐지듯 덮쳤고

두 개의 갈등이 헤엄치며 따라왔고

금이네 옥이네 고통이 추가되었다

결혼은 일대 사건이 아니고 절대 생활이 되었다

고통을 먹고 입고 업어야 했다

이 바닥에서 바닥을 뒹굴다 보면

혼자 잘 노는 게 이 바닥은 아니어서

자신을 망가뜨리고 웃는 시간에 우는 제 그림자를 모르듯

어떤 저녁엔 피로가 쌓일수록 더 집에 가기 싫었고

내일이 없이 마시다 내일을 날릴 뻔했고

허리 굵어진 갈등과

속고 또 속았다는 환멸과 알아서 속아 줬다는 자멸 속에

늙기 전에 낡아 버린 우리들의 눈빛과 마주쳐야 했다

삶이 깨졌고, 삶에서 깨졌고, 삶에서 깨어나야 했다

일상을 구해야 했고

일상의 한도를 구해야 했고

일상의 무한을 구현해야 했다

이 바닥에서 바닥을 치다 보면

남들이 보지 않는 곳에서 애도하게 되고

억울한 자들이 일 킬로미터마다 줄 서 있다는 걸 아는 날
이 온다

사교계에 나가 애써 웃음을 만들지 않아도 되고

한칼에 모가지가 날아가고

한칼에 목을 베야 하는 날이 온다

타인이 타인을 발명해야 하는 날이 온다

이 놀라운 세상에서 놀라울 게 없다는 듯

살고 있는 내가 더 놀라운 날이 온다

사랑의 순간

네가 온 순간 나는 이미 내가 아니었고
패배의 바닥을 기기 시작했다
너를 시작한 순간
호흡은 아가미로 했고
머리카락으로 헤엄쳤고
네 발로 날았고
동해 파도는 뜨거운 파도였고
하늘에 내리던 눈보라는 들끓는 입김이었다
우리들 곁의 돌들은 한껏 떨리거나 힘껏 날뛰었고
공포를 잊은 심장은 미지를 껴안았다
너를 얻어맞은 순간 번개와 몸을 섞었고
시간은 어둔 영원을 찰나에 찢어 놓았다
뼈로 안고 피로 말하고 살로 통했다
너는 그만큼 강하게 전속력으로 내일 없이 왔다
삶보다 빠르게
죽음보다 깊게
지금 전 존재에 금을 냈다
빛이 혈관을 타고 돌았고 삶이 시간에서 내려 버렸다
나는 파탄 난 것이다, 너는 절단 난 것이다
돌이킬 수 없는 순간에

내가 새로 태어났고 감각의 조물주가 도래했다
하루아침에 역사가 시작됐다
하지만 나는 사랑보다 늘 육체를 원했다
육탄전을 원했다
감각의 육박 속에
지금껏 삶을 복수하듯 기쁨을 밀어붙였다
그게 비극이었다
나는 조용할 수 없었던 것이다
나는 나를 감당할 수 없었던 것이다
이 싸움은 지되 크게 지는 싸움이어야 했다
다 내주고 모든 걸 거는 포옹이어야 했다

구름이 낮아 보이는 까닭

오랜만에 오는 전화 속에는 계산이 묻어 나온다
반갑기보다 저의가 묻어 나온다
내심 잘도 잊지 않았구나 싶은데
낯 뜨거운 목적이 속 뜨겁게 올라온다
때론 뻔뻔하고 뻔하기도 하더구나
네가 아직 죽지도 않았더구나
궁금하기도 해서
난 하나도 궁금하지 않은데
넌 먼 강산과 오늘 날씨를 말하더구나
나의 형제들과 출신 성분을 끌어들이더구나
나의 흐린 문장을 말하더구나
뜻밖에 오는 전화 속에는 뜻밖의 일이 없다
쓸개 빠진 덕담과 공허한 잡담
부탁 아니면 둘도 없는 네 외로움
전화를 기다리던 날들이 지나갔다
오랜만에 오는 전화 속에는 무관심이 기어 나온다
무뚝뚝하다 못해 사술이 기어 나오더구나
네가 아직도 글을 쓰더구나
나는 내가 쓴 글에 관심 없는데
넌 먼 평판과 오늘 인심을 말하더구나

나의 벌거숭이 문장을 말하더구나
아직도 여전하구먼 하더구나
술에 취해 전화하던 날들이 지나갔다
돈 빌릴 데가 있던 날들이 지나갔다
심심한데 만나 담배나 한 대 피자는 날들이 가 버렸다
파도의 높이를 향해 떠나자던 날들 역시 감감해졌구나
그럼에도 혹시 돈 가진 거 없냐고 묻더구나
인간에게 향기가 있었던가
나만의 향기
너에의 향기
만물에게 다가가는 향기
보고픈 향기
오랜만에 오는 전화 속에는 설렘이 없다
나의 냉대가 있다

우리는

음식을 나누었다

창밖에는 비가 흘렀다

향기가 유리로 스며든다고 했던 시인은 흘러갔다

비 내리는 향기가 유리창에 들러붙어 아우성칠 때

비가 빗방울 속으로 떼구루루 들어가듯이 사랑을 나누고는

우리는 자주 인간이 아니었다

우리는 발끝에 매달려 있듯이

성기 끝에 매달려 몸을 나누었고

말은 나누지 않았다

말은 허망했다

나는 경향 뉴스 공장에서 목이 잘렸고

너는 놀고 있는 내 목을 안쓰럽게 껴안았고

곧 겨울이, 국가 부도 사태가 닥치고 있었다

유리는 비를 나누었다

스미지 않는 비를 이차 삼차 비가 덮치고

덮이고 덮인 빗방울을 다시 비가 덮어서

지천으로 강바닥으로 바다로 끌고 가듯이 데리고 갔다

그러다 올라갈 만큼 올라간 하늘에서 다시 내려왔다

비는 아무리 얻어맞아도 아프지 않으니

기적이 따로 있지 않았다
우리는 자주 사랑을 나누었지만 자꾸 허했다
나누어지지 않는 우리들 사랑이라는 이름의 허기와 환상
유리는 눈송이를 나누었다
내린 눈은 내리는 눈이 덮고
쌓인 눈은 쌓이는 눈이 덮고
그 눈조차 하늘에 덮이고
우리는 기댈 데가 우리밖에 없는
나와 너를 구하러 안간힘을 썼다
나와 너를 구하러 우리를 구했다
우리는 내가 아니었다
깊은 한낮이었다
사람이 사람을 덮었고
사랑이 사랑을 먹었다
우리는 마음을 찢었다

좋아한다는 말

—비스와바 쉼보르스카를 기리며

맥주를 더 좋아한다

기타를 더 좋아한다

기차를 더 좋아한다

눈물보다 피눈물을 더 좋아한다

바다 건너보다 비무장지대를 더 좋아한다

바르샤바보다 크라쿠프를 더 좋아한다

인간이 지닌 이성보다 숨죽이고 있는 야만성을 더 좋아
한다

담장 안 셰퍼드보다 담 없는 집의 똥개를 더 좋아한다

책 좋아하지만 세상이라는 책을 더 좋아한다

형님이 계신 서울보다

노래 쓰고 노래 짓고 노래하는 친구가 있는 춘천을 더 좋
아한다

릴케보다 소월을 더 좋아한다

여자보다 계집을 남자보다 사내를 더 좋아한다

신이 내린 목소리보다 조용필을 더 좋아한다

UFO보다 참새의 비행술을 더 좋아한다

구원을 약속하는 종교보다 가망 없는 인간을 더 좋아한다

그렇다 한들 어쩔 것인가

너를 사랑한다는 말보다
너를 좋아한다는 말이 나는 더 좋고
너를 좋아한다는 말보다
너를 밝힌다는 말이 제격일 때도 있다

돌을 사랑한다는 말보다
돌을 좋아한다는 말이 부담 없어 더 좋고
돌을 좋아한다는 말보다
돌을 밝힌다는 말이 더 좋을 때도 있다

나무를 사랑한다는 말보다
나무를 좋아한다는 말이 티내지 않는 것 같아서 더 좋고
나무를 좋아한다는 말이
시를 좋아한다는 말보다 더 마음을 움직일 때도 있다

비교가
비유가 지겹다
비유 없는 비유를 더 좋아한다
통비유를 좋아한다

없어 보이지 않으려 난잡 떠는 시들보다
어깨에 힘들어가지 않은 돌의 눈동자를 더 좋아한다

진술이 비유인
진술이 진실인

여자를 사랑한다는 말보다
여자를 좋아한다는 말이 조금 더 좋고
남자를 좋아한다는 말보다
대놓고 남자를 밝힌다는 말이 싫지 않을 때도 있다

너를 사랑한다는 말보다
너를 좋아한다는 말이 덜 힘이 들어가 있어 더 좋고
너를 좋아한다는 말보다
너를 원한다는 말이 가식적이지 않아서 좋을 때도 있다

그렇다면 이럴 때는 어떻게 해야 하나
나는 돈을 밝힌다
아예 돈을 사랑한다

나도 그까짓 돌보다
돈을 백 배는 더 밝히지 않았던가

도래하지 않은 것
낯선 것
기이한 것
멀리 있는 것보다

첫 성교보다 오늘밤 있을 성교를 더 좋아한다
극비문서보다 난중일기를 더 좋아한다
첫 남자보다 마지막 남자를 지금 만나는 남자보다 더 좋
아한다
도둑놈보다 도둑놈을 뽑은 국민을 더 좋아한다
좋은 선수, 좋은 사람으로 남겠다는
종합격투기 선수를 예수나 부처보다 더 좋아한다
별빛보다 가까이 있는 네 손등과 사타구니, 젖가슴을 더
좋아한다
대양보다 대양과 막 입 맞추는 하구의 주저하는 물결을
더 좋아한다

뜬구름보다 발길, 손길, 눈길 닿는 나라를
그 나라 사람들의 돌 입술을 더 좋아한다
진보주의자보다 양심을 저버리지 않는 일개 시민을 더
좋아한다

한 여자나
한 남자보다
되다 만 한 인간을 더 좋아한다

영원이나 불멸보다 오늘 하루 안에 있는 것들을
잔치국수나 멍게나 제비꽃이나 동동이나 영미 같은 것들
을 더 좋아한다
위선 떠는 우리들보다
때때로 개가 되는, 개보다 못한 나를 더 좋아한다

구원보다 식탁과 책상과 침대를 더 좋아한다

서열이
차별이 지겹다
비교 우위가 역겹다

그래서 어떻게 하겠다는 건가

미지를 옹호하지만 지금을 더 좋아한다
내일이 없는 오늘을
오늘 이후를

돌에게

그 개울 바닥에 있는 돌은
그 개울 바닥에 있는 게 가장 낫다는
평소 내 생각을 어기고

못생긴 보살 같기도 하고
못생긴 미인상 같은
조약돌 하나를 업어 집으로 들이고 말았다

가끔씩 눈도 주고
손도 주고 하지만
신경 끄고 지내는 날이 훨씬 많았다

다시 갖다 놓을까 하다,
내가 인간이라는 걸 알았다

돌의 권리
돌이 돌일 권리
돌이 있어야 할 곳에 있을 권리

나의 권리

내가 나일 권리
내가 너가 아닐 권리

돌이 금이 아닐 권리

너는 너대로
나는 나대로
있어야 할 권리
조용히 둬야 할 권리

그걸 어기고 기어코
네 몸에 손을 대고 말았다

도로 갖다 놓을까 하다,
내가 동물이라는 걸 알았다

무無의 저녁

내가 생각하는 곳에서 너는 없고
이 저녁은 이곳에 없을 것이다
너는 떠나지 않고 떠났다
나는 돌아오지 않고 돌아왔다
네가 없는 여기 이 시간을 뭐라 불러야 하나
남아 있는 사람들이 허공을 깔고 앉아 운다
없음의 더없는 있음 속에
그 숱한 있음의 덧없음 속에
또 하루가 하루를 버리듯 가 버렸다
바깥을 잃어버린 시선들이 거리를 지나갔다
타인을 지나가는 것도 타인
타인을 이룩하는 것도 타인
고요가 고요를 찾아가듯이
네가 없는 이곳에는 이곳조차 없다
이곳이 없는 곳에서 너는 어쩌자고 자꾸 돌아오나
매일 다시 태어나 그날 삶을 끝내듯이 살고
이 비루한 거리로 저 석양과 함께 돌아오고 싶구나
돌아와 깔깔대며 소풍 가고 싶구나
네가 없는 나라에 내가 있다
이게 무슨 조화냐

이 저녁때 평범의 극치를 누리고 싶구나
일상의 사치 위에 드러눕고 싶구나
네가 여기 없는 동안 너는 태어나고
너가 없는 곳에서 나는 죽어간다

커피

지상에서 마시는 겨울 커피 한 잔
혼자 노는 데 타고난 커피 한 잔
검은 눈물이라고 그랬나
너는 사만 킬로미터를 간다
너를 자주 찾던 그는
비 내리는 가슴을 지닌
길을 아끼던 나무 인간이었다
그가 죽고 나서 그의 삶이 살아났다
머나먼 이국에서 온 검은 시간과 함께
돌아올 수 없는 사람을 마시며
슬픔의 바닥에서 젖는 비의 얼굴을 본다
그에겐 많은 것들이 필요치 않았다
때때로 이 비루한 거리에서
한 잔의 커피 그 이상을 원하지 않았다
어쩌면 오늘 저녁을 찌르는 술 한 잔과
지상을 떠나가는 맛으로 담배 한 대를 더하고 싶었을 게다
그는 외롭게 따뜻한 사람이었다
그는 이마로 만나는 사람이었다
고개 돌리면 얼음 사회가 버티고 서 있었다
삶은 대책이 없었고 죽음은 어찌할 줄 몰랐다

지상에서 마시는 겨울 커피 한 잔

눈보라와 노는 데 타고난 커피 한 잔

발바닥에 넣어 두었던 사람을 저녁이 보내고 있듯이

하루하루는 무덤이 되고

일생은 하루하루의 장례식

여러 말이 필요치 않았다

인간에게 많은 것이 필요치 않았다

커피 한 잔 천천히 즐길 수 있는 시간을

그는 그 무엇과도 바꾸고 싶어 하지 않았다

그게 그가 원하는 하루의 핵심이었을 게다

검은 심연이라고 그랬나

검은 순간이라고 그랬나

너는 사만 킬로미터를 간다

너는 조용히 인류를 지배한다

석양 뒤에서 마시는 겨울 저녁 커피 한 잔

혼자 놀 줄 모르는 인간과는 같이 놀지 않는 커피 한 잔

비 내리는 세계

비 내리는 소리 듣는다
오늘은 세계 중에서 비 맞는 소리의 세계
어둠 속에서 비 내리는 소리를 읽는다
비를 적시며 내리는 빗소리의 세계
비 내리는 소리를 적시는 나의 메마른 세계
마침내 비 맞는 소리 하나하나까지 다 받아 적는
비의 공동체
적시는 세계와 젖는 세계가
오늘밤 다 젖거나 더 젖을 수 없을 때까지
갖가지 부서지는 빗소리에 젖을 테지
비에 얻어맞는 갖가지 세계가 소리칠 테지
내 감정과 아무 상관없는 비가
주룩주룩 밤의 심부를 날아
세계의 감정에 숱한 금을 그으며 내릴 테지
빗소리의 세계 위에서 더욱 활발해지는
내리는 비가
내린 비 위에서
내릴 비 밑으로 내리며
강약과 증폭을 오가는 사이
침대 위 나와 너의 물결은 더욱 물결쳐 우리를 이루고

파도의 숨 토하는 소리가

밤새 해변을 공략할 때

우리의 연애와 아무 상관없이

모든 빗소리를 적시며 내리는 비

단조롭다면 단조롭고

다채롭다면 다채로운 비의 밤에

심장을 파고드는 빗소리를 듣는다

수동적으로 들리던 빗소리를 능동적으로 듣는다

갖은 빗소리를 방열하며 내리는 비의 연대 속에

드러머도 저런 드러머는 없을 테지

내리는 세계에서

맞이하고 두들겨 맞는 세계

젖고

젖고

젖고

또 젖으며

내 열혈 감정을 휘휘 휘저으며

비 맞는 밤의 세계

더 격렬하게 쓸쓸과 적조는 요동치고

듣는 세계에서 두드리는 세계로 삶이 이동한다

어둠 속에서

이제 그만이래도

이제 그만 누우래도

빗소리를 껴안고 내리는 비의 세계

눈 내리는 세계

눈 내리는 날 아직도 시퍼런 그대 생각

어둠이 쌓이듯 눈이 내려 쌓이는데

뭐 하다 다시 십이월인지

십일월 비는 십이월 눈이 되어 내리고

지척의 우르릉거리는 동해 파도는

밤을 밟고 눈발을 파헤치며 공중을 건너온다

이런 밤을 건디는 데도 도가 텄다지만

약이 안 되는 세월이 있고

이렇게 펑펑 눈이 빛 가득 뇌 가득 쏟아져 내리면

마음 한쪽에 놓아 둔 그대 빈자리에도

송곳 디밀 곳 없이 흰 눈이 내려 설국을 이룬다

여러 사람이 떠나가고 새로운 사람이 나타나

인연이 되기도 하고 연인이 되기도 하는 세계에

이렇게 밤새도록 내리는 눈밖에 없을 것 같은 세상에

소나무들의 척추 무너지는 소리도 심심치 않게 밤을 건

너온다

눈 내리는 세계는 눈 맞는 세계고

너는 지금 뭐 할까 생각 젖는 세계지만

덮고 덮이고 덮는 세계지만

면역이 안 되는 쓸쓸함과 외로움 마냥

눈 내리는 감정은

눈 내리는 세계의 감정이기도 해서

눈 내리는 세계는 눈 내리는 밤을 지키는 사람의 세계고

이젠 함부로 그립지 않다고 생각하는 중에도

오늘밤에는 오늘밤 이상의 눈이 내리고

오늘밤과 연결된 모든 밤이 눈 맞고

이렇게 펄펄 눈 펄럭이는 밤이면 여기에 없는 한 사람을

흰 어둠의 끄트머리로 끌어들여

그 생김생김을 훑어가기도 하고

핥아가기도 하는구나

이런 날은 문장조차 습설을 적는구나

눈은 내리고

눈발은 묵성이고

눈 내리는 세계는 세계를 접수하는 흰 세계

눈 내리는 밤 아직도 날이 서 있는 그대 생각

희게 희게 어둠 희게 눈은 내리고

내려도 내려도 덮이지 않는 사람 생각은

세상을 덮듯 내린다

저녁

엄마 잃은 아이는
어떻게 살까

아빠 잃은 아이는
어떻게 살까

둘 다 잃은 아이는
어떻게 살까

골목길

누구도 눈길 줄 것 같지 않는 골목길 한쪽 구석에 엉덩이 반쯤 치켜들고 흙 속에 얼굴 파묻은 돌멩이 곁에 노란 민들레와 흰 민들레가 사이좋게 꽃을 터트리고 있다. 그 곁에서 고양이는 낮잠을 오므린다.

풀

사자는
누 잡아먹고

늑대는
순록 잡아먹고

호랑이는
사슴 잡아먹고

잡아먹히는
누와 순록과 사슴은
풀 뜯어먹고

나중에 모두
풀 위로 쓰러진다

제비꽃

낮은 곳에
피었다

발목 근처에
피었다

눈여겨보는 곳에
피었다

이사

저 높고도 높은 하늘 한구석에
해를 박아 두고 왔다

저 깊고도 깊은 하늘 한구석에
달을 박아 두고 왔다

저 넓고도 넓은 하늘 한구석에
별을 풀어 놓고 왔다

1963년 강원도 강릉시 사천면 교산蛟山에서 태어나다. 교산이 허균許筠의 호며 허균이 태어난 곳이라는 것을 처음으로 알게 된 건 1983년(21세)이었고, 그로부터 다시 이십여 년이 흐른 2000년대 들어서야 그의 글들을 찾아 읽기 시작하다.

1968년 아버지가 한국전력에 취직하자 남동생을 데리고 어머니 떠나고, 나와 용재 형은 조부모 밑에 남다.

1970년–1975년 운양초등학교 입학. 초등학교 시절 내내 방학 때가 되면 아버지 근무지(속초, 간성, 임계, 대화)에서 지내고 개학할 때면 사천 집으로 돌아오다. 조부모 밑에서 별다른 간섭 없이 동서남북과 동무해 어린 시절 내내 열나게 뛰어놀았다.

1976년 사천중학교 입학. 국사를 가르치던 여선생님이 두 권의 책을 건넸는데, 리처드 바크의『갈매기의 꿈』은 그나마 읽을 만했다. 하지만 생텍쥐페리의『어린 왕자』는 무슨 말인지 전혀 알아들을 수 없었다. 이십대 때 읽을 때는 조금 알 것 같았고 삼, 사십대 때는 조금 더 알 것 같았다. 지금 읽는다 해도『어린 왕자』는 여전히 미지의 책일 것이다. 어머니가 강릉 시내에 단독주택을 구입하다.

1977년　2학년 1학기 마치고 강릉 시내에 있는 강릉중학교로 전학하면서 1968년 이후 어머니와 함께 지내게 됨. 11월에 축농증 발병해 고3 때까지 극심하게 시달리다. 학업을 거의 포기하다시피 하다. 극심한 피부병, 허리 통증으로 고생하다. 이즈음 집에서 《중앙일보》를 정기구독하기 시작했는데, '왕위전王位戰' 기보棋譜를 즐겨 보다. 《주간 스포츠》, 《스포츠 동아》, 《펀치라인》 같은 스포츠 잡지와 《월간 바둑》을 탐독했으며 야구, 권투, 바둑 중계에 빠져 지내다.

　1979년　강릉명륜고등학교 입학. 고교 3년은 훗날 겪게 될 군대 3년보다도 흥미 없는 곳이었다.

　1982년　강원대학교 국어국문학과 입학. 난생처음 시 같은 걸 끄적거리기 시작하다. 학교 생활에 별 흥미가 없었고, 윤동주, 김종삼, 김춘수, 김수영, 릴케 시 읽다. 이청준 소설에 빠지다. 술 취해 집에 들어와서도 가스통 바슐라르 책 읽다.

　1983년　용재 형 입대. 강원도 양구에 있는 포대 행정병으로 근무. 자대와 본대 사이에 있는 우체국에서 가끔 전화하다. 시월에 면회 갔을 때, 논 가운데 노적가리에서 꺼낸 시작 노트에 빼곡하게 적혀 있는 시를 보고 놀라다. 파블로 네루다 자서전 읽다.

　1984년　춘천의 이 골목 저 안개 속을 배회하다. 이제하 소설에 매료되다. 만취해 담 위에서 추락, 천만다행으로 이빨 두 대만 나가다. 내가 나를 어떻게 할 수 없는 날들이 전개되다. 용재 형 군대서 투고한 작품으로 《심상》 신인상으로 등단하다. 학점 미달로 인한 학사경고 2회로 대학에서 제적당하다. 막스 피카르트의『침묵의 세계』읽다.

1985년 9월에 입대. 강원도 화천 땅에서 빡빡 기다. 화장실에 쪼그려 앉아 몰래 문고판 책 보다. 파울 첼란 시 읽다.

1986년 군대는 괴로운 곳이었으나 처음 가 보는 길, 실개천, 강, 계곡, 숲, 설산은 삶의 의욕을 자극했으며 내 괴로움 위에서 빛나다. 베르톨트 브레히트 시와 보들레르의『파리의 우울』읽다.

1987년 후배 병사가 반입한 들국화 라이브 앨범을 듣고 '한국에 뭐 이런 놈들이 다 있나'며 즐거워하다. 알베르 카뮈의『결혼 · 여름』을 읽고 훗날 좋은 산문집 하나 써야겠다 마음먹다. 12월 제대.

1988년 서울 강남에 있는 모 학원서 재수하다 여름에 때려치우고 강릉으로 돌아가다. 학원서 돌아와 시 쓰던 어느 밤 그때까지 쓰던 글과는 차원이 다른 시가 나오는 걸 보고 '내가 시인이구나' 스스로 인정함. 강릉에서는 기원서 바둑 두거나 동해안 바닷가와 항구 쏘다니며 허송세월하다.

1989년《강원일보》신춘문예에「비」당선. 복교 조치가 이뤄져 국어국문학과 4학년에 복학. 1년 동안에 40학점 이수해 간신히 졸업하다. 가을에 '시의 벼락'을 맞다. 며칠 새 수십 편의 시 쏟아지다. 그 작품들로 제11회《문예중앙》신인문학상 받다.

1990년 강릉서 지내다 가끔 서울 나가 문인들과 교류하기 시작하다. 윤제림, 진이정, 함성호, 유하, 함민복, 이선영,

허수경, 김소연, 차창룡, 김중식, 심보선, 윤의섭, 연왕모 시인과 1990년대 후반까지 '21세기 전망 동인'으로 활동했다.

1991년 첫 시집『나무들은 폭포처럼 타오른다』(중앙일보사) 출간.

1992년 《경향신문》에서 발행하던 시사지 《뉴스메이커》 교열 일하다. 야근에 질리다. 글자 들여다보는 게 일이어서 집에 가면 책을 읽기 싫었다. 책 대신 비디오 빌려 보거나 예술 영화 전용관에서 영화 보다.

1995년 두 번째 시집『바다로 가는 서른세 번째 길』(문학과지성사) 출간. 절판된 첫 번째 시집, 세계사에서 재출간하다. 12월 유럽 여행(벨기에, 프랑스, 룩셈부르크, 독일, 스위스, 오스트리아).

1997년 결혼. IMF 터지기 직전인 9월, 회사에서 정리되다.

1998년 딸 태어나다. 백과사전 만드는 출판사에서 8개월간 우윳값 벌다. 인간과 직장에 환멸을 느끼다.

1999년 육아에 전념. 가정주부로 살기 시작하다. 세 번째 시집『영혼의 북쪽』(문학과지성사) 출간.

2001년 아내가 근무지를 옮기자 경기도 용문으로 이주. 생각지도 않았던 시골 생활 시작하다.

2003년 시골로 내려오고도 가끔 오던 원고 청탁이 서서히 끊기기 시작하다. 백석의 시를 다시 보게 되다. 보들레르의『악의 꽃』읽다.

2004년 『논어』읽기 시작하다.

2005년 이즈음 이순신의『난중일기』를 읽고, 그 절제된

삼엄함과 여백의 강렬함에 내가 쓰는 글을 다시 생각하게 되다. 『노자』 읽기 시작하다.

2007년 네 번째 시집 『견자』(열림원) 출간. 오르한 파묵의 소설 읽다.

2008년 양평읍 오빈리로 이사하다. 11월부터 일기를 쓰기 시작하다.

2009년 이웃집 어르신이 놀려 두고 있던 언덕배기 땅에다 농사랍시고 밭일 하다.

2010년 이사 와 일 년 동안 쓴 『오빈리 일기』(사문난적) 출간. 후지와라 신야藤原新也와 조지 오웰의 책 읽다.

2011년 위정자는 말할 것도 없고, 강자를 위해 있는 공권력뿐만 아니라 대한국민 노예들과 부패 주민들에 환멸을 느끼다. 언어의 허망함과 싸우다.

2012년 다섯 번째 시집 『한 남자』(시로여는세상) 출간. 소월의 시를 다시 보기 시작하다. 파스칼 키냐르 소설 읽다.

2013년 풍산개와 진돗개 혈통의 수컷 백구 강아지 데려오다. 마당에 개를 묶어 놓았더니 생활이 일정 부분 개에 묶이다.

2015년 오 년 동안 쓴 『시인일기』(체온365) 출간. 제1회 시와반시 문학상 수상.

'범생' 스타일로 수줍은 듯도 하였는데

최삼경(시민)

박용하 시인을 생각하면, 박하 향이 떠오른다. 어쩔 수 없다. 세속의 징글징글한 쓴맛 단맛에 적당히 젖어갈 즈음 맛보는 화한 청량감 같은 게 떠오른다. 이것은 그의 「7번 국도」나, 「영혼의 북쪽」을 읽었을 때부터 학습된 무조건 반사 같은 반응이다. 그의 글에서 비어져 나오는 불편한 수사들, 굳이 예뻐 보이려고 애쓰지 않는 무보정의 '쌩얼' 같은 문장들은 그 자체로 여럿의 문사들을 괴롭혔으리라. 아니 그 전에 누구보다 자신부터 괴로웠으리라.

박 시인을 처음 보았을 때는 그저 사람 좋은 '범생' 스타일로 수줍은 듯도 하였는데 천상 시인이었던 것이다. 조심스럽고 배려심 넘치던 말과 행동은 슬슬 대화의 시동이 걸리면 이내 스위치가 올라가듯 검고 굵은 뿔테 안경 뒤쪽의 눈동자가 빛을 발하기 시작한다. 한두 잔 술이 돌고 얘기 주제가 삶의 비참과 위대를 지나 시와 문학까지를 아우르게 되면 앉아 있는 의자 자체가 발화하듯 강렬하고 형형한 빛에 휩싸인다. 테이블 가득 술병이 들어차고 재떨이가 수북해질 즈음, 바다와 우주를 논하던 격앙된 목소리로 노래를 부르기 시작한다. 그러나 조금 어눌하다. 한편으로 얼마나 다행한 일인가. 노래마저 그의 결기처럼 창창하다면 평민들은 좀 너무하지 않겠는가. 그래서 억센 강릉 말투가 예민한 시인의 기도를 통해 나오는 부조화가 가끔은 감미로운 법이다. 이쯤이면 까칠이고 나발이고 다 풀어져 좌중 자체가 낙락버들에 희희낙락이 돼 버린다. 한판의 술자리가 묵은 체증을 휘발해 주면 또 몇 달은 너끈히 버티게 되는 것이다. 그렇게 스물 몇 해쯤이 지나도록 그는 춘천에서 한 시간쯤의 거리에 주석하며 소양강 부근을 두서없이 출몰하는 것이다. 그러면 심심타파를 모의하던 한 떼의 늑대들은 도리없이 밤을 새워 울어 대는 것이었다.

일상에서의 어리숙함이나 술자리에서의 풀어짐과는 다르게 그의 시는 누구보다 엄정하고 밀도가 높아 그를 따르는 문우들의 부러움과 의욕을 간질러 주었던 것이다. 지금까지 그는 시집, 산문집 해서 7권의 책을 펴냈다. 책들을 대할수록 점점 언어의 정점을 찾는 구도자이거나 수행자의 느낌이 완연해진다. 이것은 조금 낯설고 서운한 감정이기도 하다. 그 선연한 성취야 더할 나위 없이 좋은 일이지만, 친한 이웃이 어디 다른 곳으로 이사 가는 것을 보는 느낌이랄까. 어떻든 그는 점점 고요해지는 것 같다. 장마를 만나 휘돌던 흙탕물이 고요해져서 점점 맑아지는 강을 지나 한데서 차갑고 맑은 물을 내는 샘을 보는 것 같다. 이제 자명하게 시인의 거처가 단단하게 자리 잡은 느낌이다.

이번에 나오는 시집은 각별하다. 형제 시집이어서도 그렇지만, 동시 5편을 포함해 등단 전 미발표 초기 시 4편 등 시인의 초기작을 보는 즐거움도 쏠쏠하다. 이를테면 시인의 자선 시집이 될 터이니 작가에게도 독자에게도 소중하고 애틋한 목록이 될 것이다.

박
용
재

시편

난 그가 시인이 될 줄은 몰랐다. 초등학교, 중학교 2학년 까지 그는 전교 1등을 도맡아 하는 공부를 참 잘하는 아이 였다. 그땐 학교 공부 잘하는 게 최고였다. 그런데 그가 사 천에서 강릉 시내로 전학을 한 다음부터 내리막길을 걸었 다. 공부에 있어서는 심한 내리막길이었다. 맨날 1등만 하 던 놈이 그 밑으로 떨어졌으니 상실감이 컸을 것이다. 거기 에 집안을 강타한 전염병 같은 거, 정확한 기억은 나지 않지 만 피부에 고름이 생기고 가려워 긁고, 뭐 지금도 상처가 깊 게 남은 고약한 병이 온몸을 괴롭혔으니 몸과 마음이 참으 로 불편했을 것이다.

그런 그가 고등학교 3학년 무렵 대학 진학을 앞두고 국문 학과를 가겠다는 폭탄에 가까운 선언을 했다. 정말 꿈에도 생각 못했고 나타나지도 않았다. 국문학과? 참 알 수 없는 일이다. 그가 국문학과엘 가겠다니? 문학엔 별 관심도 없던 녀석이 국문학을 하겠다고? 집안에서는 안정된 직업을 선 택할 수 있는 그런 전공을 선택하길 바랐다. 나 역시 은근히 그가 좋은 직업을 선택해 시를 쓰던 형인 나를 돌봐줄 줄 알 았다. 사실 그는 경쟁심이 강한 아이였다. 구슬치기를 하든, 비석놀이를 하든, 딱지치길 하든, 바둑을 두든, 형인 나한테 지는 걸 몹시 싫어했다.

이렇게 될 줄 몰랐다. 형을 이기고 싶은 건 좋은데 하필 문학 그것도 시인가? 시! 오! 세상에 다른 경쟁거리도 수없이 많은데 아니 시를 써서 형을 이기겠다는 놈이 어디 있는가. 참나! 세상의 둘째들은 형한테 지고 싶지 않은 뭔가가 내재하고 있는가 보다. 세상 말에 형보다 나은 아우는 없다고 한다. 그렇지만 이놈은 '세상에 아우보다 나은 형이 얼마나 되겠소?'라고 칼을 갈던 놈이다.

《강원일보》 신춘문예에 당선되고, 《문예중앙》 신인 문학상을 받으면서 떡하니 등단했다. 당시 그가 말했다. "형, 우리 나중에 형제 시집 하나 내요." 이후 30년 가까이 지났다. 시인으로 등단하면서 조금씩 세상에 알려지더니, 아 세상에, 동생에게 시 청탁을 해야 하는데 연락처를 알려 달라고 나에게 전화가 오는 게 아닌가. 이런 참, 난 뭐지? 나도 시를 쓰는 시인인데, 시인인 형이 시인인 동생의 원고 청탁을 위한 연락책? 나에게 원고 청탁을 하는 게 아닌 동생에게 청탁하기 위해 전화번호나 가르쳐 주고 연락을 해주는 난 뭔가?

이렇게 될 줄 알았다. 그가 나를 이길 줄 알았다. 다른 건 몰라도 시를 써서 날 이길 줄 알았다. 박용재 동생 박용하가 아닌 박용하 형 박용재로 만들 줄 알았다. 그게 바로 시인 박용하니까(그의 본명은 박용학이다). 참으로 괘씸한 놈이다. 사람들은 '시인 박용재'는 잘 모른다. 그런데 '시인 박용하' 하면 다 안다. 내가 그의 형이라고 하면 그제사 조금 인정해 줄 듯하다. 참 고마운 일이다. 난 지명도에서도 한참 밀렸다. 인정한다.

그런데 난 참으로 좋다. 형보다 나은 동생을 두었으니까. 시를 읽지 않는 시대, 그의 시를 읽어 주고 기억해 주는 사람들이 많으니까. 근데 그런 녀석이 나에게 형제 시집을 내자고 제안했다. 자식, 많이 컸구나. (사실 그는 나보다 키도 더 커야 한다고 생각했던 아주 나쁜 놈이다. 실제로 그는 나보다 키가 크다.)

그래서 여기까지 왔다. 형제 시집을 내기로 했다. 이 시집의 연출가는 형보다 나은 아우 박용하다. 그동안 낸 시집에서 시를 가려 뽑고, 신작시 몇 편 더하고, 어릴 때 썼던 동시를 묶어서 시집을 내기로 했다. 모든 기획과 편집은 박용하가 했다. 근데 내심 마음이 불편하다. 아니 각자 자기 시집을 내면 그 시집만 평가받으면 되는데 이거 동생하고 한 시집에 시를 같이 실어 놓으면, 아 뭐 박용하 형 박용재도 시인이었구나, 아 그랬구나, 할 거 아닌가.

나 참 고약하다. 이거 뭐 그 경쟁심 강한 놈이 마지막으로 같이 시를 싣고 형인 나를 뭉개 버리려는 거 아닐까? 박용하는 그런 음모를 획책할 놈이다. 난 세상 저잣거리를 떠돌며 잡다한 시간을 보냈지만 그는 고작 몇 년 동안의 직장생활을 빼곤 전업 시인으로 살았다. 시만 쓰고 살았다. 그런 놈을 어찌 내가 이길 수 있겠는가.

동생! 이제 세상에 형을 같은 책에서 홀딱 벗겨 놨으니 다시 시작하는 거다. 시인 동생 박용하 고맙다. 세상살이에 지친 형을 다시 시인으로 돌아오게 만들어 주어서 참으로 감사하다. 날 다시 내가 내 인생의 주인으로 살 수 있는 동기를 만들어 주어서 참으로 고맙다.

그리고 박용하 경고한다. 다음 시집은 어떤 형태가 되든 내가 기획한다. 왜냐고 묻지 마라! 난 너의 형이니까. 이번 시집에 실린 시는 그동안 낸 나의 시집에서 박용하가 뽑은 시와 신작시 그리고 어린 시절 쓴 동시를 함께 묶었다. 이 시집을 나의 가족들에게 바친다.

2016년 6월
박용재

달아나는 사랑

그대가 떠나던 길들
흐려지고
아직 떠나지 못하는 길들이
바람에 마르고 있는
꽃 지는 시간 속에서
너를 부른다.
너의 정면에는
금방 눈물이 쏟아질 것 같아
장맛비가 내릴 것 같아
부르지 못하던 너를
떠난 뒤에 부른다.
부르면 부를수록
너는 달아나고
네 삶의 배경이 되던
산도 달아나고
물도 달아나고
꽃도 달아나는
아, 그대보다 먼저 떠난 길들의
그림자가
끝내 나를 데려가리라.

들새

그대가 떠나던 10월의 벌판에는 가득히 찬 서리가 내렸으니, 이제 나도 돌아가야 하리라. 황혼 속에 화들짝 웃고 있는 들국화 몇 개. 부끄러운 듯 고운 얼굴 뒤로 돌리고, 긴긴 인고의 하늘로 발길을 돌린다. 떠나간 자여, 우리가 이 땅에 살아 힘없는 바람으로 들국화 꽃잎 위에 잠시 앉았다 가더라도, 그렇게 살다 가더라도 하나 부끄럼 없이 가자더니. 들새처럼 저 아득한 벌판의 들새처럼 너 먼저 지워져 갔느냐.

그대가 앉았던 자리 마지막 남은 들국화 한 송이 추억처럼 흔들리더니, 계절은 쉬이 겨울의 문턱을 넘어 저 들판에 눈을 뿌리고 있구나. 어디에 있는가. 우리가 엮은 목책木柵의 뿌리 썩어들고 그대를 그리는 일만 남아 그리운 일로 살아가나니. 참말로 참말로 스스로 지워져 흰 눈으로 내리느냐. 내려서 바람에 휘이휘이 날려만 다니느냐.

다시 들판을 물오르는 소리가 온통 흔들어 놓고 있구나. 북풍에 죽어 있던 들국화 새로이 얼굴을 내밀고. 우리가 그리움처럼 달고 다니던 햇빛 몇 개도 다시 살아나고 있지만, 늘 지각하던 우리들의 삶 우리들의 사랑마저 어딘지 가 버리고. 빈 가슴만 남아 바람의 마음 달래며 살아야 하나. 우

리 만나자던 작은 마을의 갯가에는 창포만 길게 길게 목을
빼고 있구나.

임당리 수첩

1. 눈

　나는 마르지 않은 가슴으로 버티고 있는데, 어렵게 어렵게 이 세상을 버티어 견디고 있는데, 눈은 좀처럼 물러설 줄 모르고 하아얀 어둠으로 내립니다. 어둠이 더 깊이 하얘지기 전에 남은 영혼의 빛으로 쓰러진 내 사랑의 뼈마디를 닦고 싶었으나, 사랑은 그저 마파람 한 장의 추억으로 죽은 가죽나무 등어리에서 붉게 울더니. 끝내 꺾이지 않으려는 내 가슴 속의 푸른 하늘마저 꺾으며, 장마눈 속으로 지워져 갑니다.

2. 구름

　샘물에 산수유 이파리의 구름이 한 잎 내려와 울고 있다
　맑은 눈물로 목마른 세상을 적시고 있다
　마른 풀들의 이마에는 잔설이 쌓여 있고
　하늘 새장에는 구름새들이 흩어져 날으고 있다

3. 바람의 손을 잡고

　새들이 한 바퀴 선회하고 돌아간 임당리 벌판에는 겨울 안개가 내립니다. 가난한 사람들의 마음마다 아득히 등불이 켜지고, 어느 여인의 그림자가 창문에 비쳐집니다. 잠시 등빛에 흔들리더니 어느새 지워져 갑니다. 바람의 손을 잡고 걷는 쓸쓸히 빛나는 밤, 새로이 아이들은 태어나고 나는 조금씩 조금씩 죽어갑니다.

작은 마을에서

당신이 살아가는 저녁 나라는 너무 난해하다.

늘 황사 바람이 떼 지어 달리고, 무서운 사랑의 소리가 힘
줄을 세워 말하는 동해안 어느 작은 마을에서 떠오르는 설
움 박힌 눈물 한 방울.

칡뿌리를 씹으며 저무는 길을 걸어가 보아라.
질경이꽃 몇 개가 적당한 간격을 두고 흔들리고 있는 들
판을 지나 어둠의 깊이로 들어가 보아라.

마을 뒷산의 황토 위에 흘린 피의 자죽. 끌려 가는 바람의
떼, 바람의 노래들.

그것은 난해한 상징이다.

몇 개의 겨울

1. 새

신나게 신나게
거꾸로 나는 새처럼
혹은, 공기처럼
달리고 싶은
시든 꿈 한 조각이
빈 들에 누워 있다.
돌잎의 가슴에 전신을 포개고
쓸쓸히 죽어갈 날들 위에
잠들어 있다.
떠오르면서 가라앉는
꿈길 밖의 바람.

2. 돌

겨울, 그대를 만나면
바람은 따뜻한 돌이 되었다.
죽은 벌판에서 떠오르는
차디찬 해도

따뜻한 돌이 되었다.
적막한 물가에서
돌 하나 가슴에 품고 돌아서면

사랑인 것을
눈물인 것을.

3. 엽서

그대가 흰 눈 뿌리는 겨울 벌판에 누워 잠들 때
나는 따뜻한 대지가 되어 차갑게 식어가는 그대의 영혼
과 육신을 데우고 싶었습니다.
그대가 찬바람 부는 밤하늘에서 끝없는 표류를 계속하고
있을 때, 나는 영원히 꺼지지 않는 등대가 되어 이 어두운 지
상을 환히 밝히고 싶었습니다.

4. 연가

흰 돌이 되어
너에게로 흐르리

바람 불거니
그 바람의 향기 타고
깨끗이 흐르리
불러도 불러도 끝이 없는
노래 길을 따라
한 줄 유행가로 흐르리
흰 돌이 되어
희게 희게
살으리.

돌

1

스스로 마음을 잠그고 있다.
바람은 마타리 꽃잎 위에서
제 홀로 울고,
뼈만 남은 세상
극명한 칼날을 세우고 있다, 뒤뜰
마른 곰추잎
혼자 비틀어지고 있다.

2

바람이 몰켜올 듯하다.
봄비 내리고
어디로 흩어져 갔을까.
풀풀 풀피리 불며
바람에 장단 치며
푸른 꿈꾸던 사람들.

세상 밖에서

길들이 조용히 흔들리고 있다.

3

돌이 슬퍼하고 있다.
들판 끝에 홀로 앉아
돌아오지 않는 사랑을 기다리며
온종일 바람만 되새김질하고 있다.
그 바람에 터지고 있다.
석류 알 끝에서
오래오래 불어
마침내 터지는 아픔.
무심한 저녁달 너머
까치 울 때까지
모든 살아 우는 것들을 기다리기로 했다.

4

돌이 떠나고 있다.
동천의 벌판을 지나

맨발의 가슴으로
바람보다 먼저 저녁 산을 넘어가고 있다.
저 어두운
고사목 깊은 숲을 지나
겨울 한계령을 넘을 때

너는 눈이 되어 내릴라나
바람이 되어 불라나.

자정 부근

흔들리지 않는 물로 흐르고 싶어, 오늘밤은. 하늘 가슴 깊숙이 눈물의 뿌리를 박고, 막막한 그리움으로나 피고 있는 그대의 사랑은 해송 숲에서 쓰러지고만 있어. 아무도 살펴주지 않는 슬픔은 갯메꽃 한 잎의 바람으로 흔들리고. 별들은 바다로 바다로 엎어지고 엎어진 별들이 고깃배의 집어등 불빛으로 아름답게 일어서는 바다로 흐르고 싶어, 오늘밤은. 흔들리지 않는 물로 흐르다가 수평선 근처에서 청색 잠을 청하고 싶어.

겨울 포구에서 1

우리가 동해 바다 어느 작은 포구에서 뼛속까지 뿌려지는 눈을 맞으며 바라보는 바다의 진실은 쓰러지는 파도입니다. 일어섬과 쓰러짐을 동시에 안고 희미한 사랑의 곡선으로 해안선에 부딪히는 파도. 그 파도가 흰 거품을 물고 쓰러질 때마다 우리는 명쾌히 일어서는 법을 연습하곤 합니다. 절망이 부른 또 다른 절망을 딛고 창천을 훨훨 날으려는.

아, 날개를 가진 새들은 날기만 하면 되었지만 우리는 그저 몸짓으로나 날아 보고 날아 보고.

겨울 포구에서 2

우리는 만나는 일과 헤어지는 일로 이 땅에 태어나 동해 바다 등이 굽은 해안선으로 오래오래 사랑을 기다리거나 혹은 한 줄 절망으로 쓰러지는 파도가 되어 살고지고 합니다. 때로는 스스로 떠나는 자 되어 기슭을 이리저리 헤매다가 암초에 부딪힌 목선처럼 모래밭에 엎드려 울기도 합니다. 그러다 희게 희게 우는 바닷새들의 흰 꿈속으로 스며들어 어디론가로 같이 날아가기도 합니다.

아아 지상을 떠나는 수캐들의 울음소리 몇 소절 바람에 뜨고.

바람은 그대 쪽으로

나는 위험한 짐승처럼
헉헉거리며 불임의 세월 속을
헤엄치고 있었다
눈도 내리지 않던 그해 겨울의
낯선 도시에서
아우가 시인이 되었다는 소식을 들었다
태양은 겨울 묘지 위에
어김없이 떠오르고
새들은 하늘을 장악하듯
자욱하게 날았다
사람들의 얼굴마다
나무껍질 같은
고통의 버짐이 피고
지상의 나무들은
긴 동면의 시간 속에서
꿈틀거리고만 있었다
아우여, 그대 우울한 희망이여
바람은 늘 그대 쪽으로 분다

광화문에서

그 이름을 부르고 싶습니다
최루탄 가스에 견디다 못해 떨어진 낙엽들이
무참히 흩날리는, 그래서 더욱 쓸쓸한
이 광화문 거리에서
예전에 잃어버렸던 그 이름을 부르고 싶습니다
처음엔 발음조차 힘이 들던 그 이름이
마치 자유처럼 하늘을 흔들며 달려오는 듯합니다
각자의 외로움을 한 뭉치씩 등어리에 달고
겨울이란 깊은 계곡으로 떠나는 사람들에게
환한 등불을 하나씩 달아 주고 싶습니다
지상의 한 계절을 떠메고 가는
큰 바람 소리 들리는 광화문을 걸으며
저만큼 앞서가는 사람들의 호흡 소리 들으며
깨끗한 희망 같은 자유인을 부르고 싶습니다
별에서 흐르는 맑은 물소리가 서울의 한복판에서
들리는 날에는, 금방 눈물이 쏟아질 것 같은
그 이름을 부르고 싶습니다
지상에서 잠시 걷던 산책로에 불과할
이 광화문 거리에서, 다시금
잊힌 지 오래된 그 푸르던 이름을 부르고 싶습니다

문산에 가면 바이올린이 운다

흐린 안경을 닦고

문산에서 파주까지 간다

걸어서 갈 수 없어

분주하게 굴러서 간다

어머니가 없는 땅

실세가 죽어 버린 땅에

누이동생의 바이올린을 찾으러 간다

바람이 저녁산의 이마를 후려치는

문산에서 파주까지 비가 내리고

신의주행 기차의 기적 소리가 들린다

해가 추락해 버린 문산엔

주인 없는

개들이 떼로 몰려다니며 컹컹거린다

대낮에 도착하여

새벽에 돌아가는 썩은 구근球根들의

빛나는 취기 속,

개들의 울음소리에

자꾸 기적 소리가 끊어진다

붐비는 토요일 문산엘 가면

누이가 칼국숫집에 맡겨 둔

바이올린이 운다
개들이 새벽에 묶여
겔겔거리며 짖어 댄다

동해 기행

강원도엘 다녀왔다.
눈도 내리지 않고
바람도 불지 않는
강원도엘.
시 몇 편 들고
그동안의 목마름 들고
그동안의 쓸쓸함 들고
막차로 떠났다 막차로 돌아왔다.
병신같이 병신같이
공기 몇 모금 마시고
가지고 간 시는 바다에 버리고
떠나가는 모습은 차마 바라보지도 못하고
소주 몇 병만 비우고
돌아서 왔다.
아득히 동해가 흐려지고
나무들이 뿌리째 흔들리고
나는 더 이상 클 것 같지 않았다.

개나리꽃에 관한 명상

어둡던 날들도 있었으리라.
눈 내리는 겨울 고궁에서
어느 잡지사 입사 시험지를 안고
멸망한 왕조의 꿈들을 보고 있었으리라.
얼어붙은 땅 얼어붙은 시대 얼어붙은 날들 위에
피는 얼음 꽃들을 바라보며
어디 기댈 언덕을 찾으며
살아 있었으리라.
진눈깨비 내리는 이 지상의 한 모퉁이에서
조그만 꿈을 위하여
그놈의 꿈이라도 건져 보려고 걷고 있었으리라.
아아 거짓말같이
개나리 한 송이 흩뿌리는 진눈깨비 속에서
환희 웃으면서 피어 있었으리라.
희망은 진눈깨비 내리는 고궁의
뒤뜰에 핀 개나리꽃으로나 오는가.
허망한 그리움을 떠올리며
걷는 한 사내의 뒷모습이
아무래도 아무래도
줄이 없어 보였다.

따뜻한 길 위의 편지

오늘도 저녁을 사 먹었습니다
이름도 성도 모르는 사람들이 모여
숨을 나누며 저녁을 먹는
기사 식당에서 나는, 가야 할 길들을 떠올려 보았습니다
등 뒤로 따뜻한 바람이 불고
사람들 몇이 노동에 지친 모습으로
집으로 돌아가고 있습니다
저녁해는 먼 데 지평선에 걸려
숨을 헐떡이며 고개를 떨구고 있습니다
당신이 숨 쉬며 살아가는 나라에는
지금 무슨 색의 휘파람 소리가 들립니까
김이 모락모락 나는 밥 한 그릇이 그리웠던
시절, 허기진 그리움을 들고 다니던
날들이 새삼 떠오릅니다

오늘밤 당신은 하늘을 건너가고
별 사이로 바람이 붑니다

김종삼

하늘은 비어 있다.
메마른 땅,
성가 울려 퍼지는
병실 복도에
흑장미 한 송이 걸어가고 있다.
걸어가다
커피 자동판매기 앞에
잠시 머물고 있다.

사랑이 비어 있는 나라
비어 있는 사랑의 나라

흐르고 있다.
흐르는 곳 어딘지 모르고
흑장미 한 송이, 전신이
흔들리면서 끝없이 흐르고 있다.

겨울 북한강에서 1

때묻은 마음 헹구러
겨울, 북한강에 갔었네
등이 허연 강물에 마음 담근 채
갈대들의 허리를 어루만지는
남루한 바람 한 잎 만났네
저만큼 밤하늘에 핀 별 하나가
강물 속에 집을 짓는 것을 보았네
따뜻한 등불이 흐를 것 같은
그리운 사랑의 집 한 채
양구를 지나온 춘천행 막차 속에는
어디선가 본 듯한 얼굴 몇 개 흔들리고
리어카를 끌고 별집으로 들어가는
아버지의 뒷모습을 보았네
코 흘리며 아버지를 따라가는
새끼 별의 시린 눈물도 훔쳤네
겨울, 북한강에 가서
강물 속에 집을 짓고 노는
비늘 푸른 잉어 한 마리 보았네

모나미 볼펜

그때 그 눈 많던 나라
모나미 볼펜 두 자루로
대관령을 넘던 그 시절
숲속에는 눈새들이 자욱하게 날고
하늘처럼 아득하게 날고
일기예보는 폭설, 폭설을 예고했다

모나미 볼펜
그 아득한 그리움으로
나는 세상을 썼다

너를 사랑한다고

바람 부는 강가에서

　바람 부는 강가에서 나는 당신을 기다리고 있었습니다. 흐르는 강물에 당신의 하아얀 얼굴이 물풀로 부랑하며 떠돌고 나는 한없이 하늘을 쳐다보았습니다. 새들은 떨어지는 꽃잎처럼 바람에 흩어지고, 하늘은 구름으로 흘러가고 있었습니다. 강 건너 작은 마을에는 불빛이 몇 개 생겨나고 아이들의 풀피리 소리 적막히 풀어져도 당신은 오지 않았습니다. 먼 데서 서울로 떠나는 막차 소리 들릴 때 나는 헌 뼈를 추스르며 하늘로 가는 물길로 접어들고 있었습니다.

　여전히 강가에는 바람만 불고, 아아 내 스무 살 강가에는 바람만 불고

사람은 사랑한 만큼 산다

사람은 사랑한 만큼 산다

저 향기로운 꽃들을 사랑한 만큼 산다

저 아름다운 목소리의 새들을 사랑한 만큼 산다

숲을 온통 싱그러움으로 만드는 나무들을 사랑한 만큼
산다

사람은 사랑한 만큼 산다

이글거리는 붉은 태양을 사랑한 만큼 산다

외로움에 젖은 낮달을 사랑한 만큼 산다

밤하늘의 별들을 사랑한 만큼 산다

사람은 사람을 사랑한 만큼 산다

홀로 저문 길을 아스라이 걸어가는

봄, 여름, 가을, 겨울의 나그네를 사랑한 만큼 산다

예기치 않은 운명에 몸부림치는 생애를 사랑한 만큼 산다

사람은 그 무언가를 사랑한 부피와 넓이와 깊이만큼 산다

그만큼이 인생이다

편지 8

─조금 늦은 여름 휴가

가을이 오기 전
여름의 마지막 휴일입니다
강릉 안목 해변에 앉아
느지막이 휴가를 보냅니다
벌거숭이 사람들이
제집으로 돌아간 철 지난 바닷가에서
새들의 장난을 바라봅니다
흩어지는 파도, 그 위를 잽싸게 날며
파도타기를 즐기는 바닷새들
히히덕거리며 까불고 있는 새들을 봅니다
그 새들의 얼굴 너머 하늘가에
새겨지는 한 사람의 얼굴
서서히 자연이 되어가고 있을
그녀는, 깔깔깔 파도를 가르듯
웃음 몇 송이를 바다 위에 떨구어 놓습니다
파편처럼 동해 위에 쏟아지는
하늘 벽을 깰 듯한 웃음 조각들
나는 어디 시선 둘 데가 없어
해당화 꽃잎같이 붉은 눈물 몇 방울
모래 속에 슬그머니 떨구고 맙니다

함께 놀던 바람에게 감정을 들킬까 봐

바다의 등 뒤에 숨어서

조금 늦은 휴가를 보냅니다

사람

우리는 어느 별에서 울고 있더냐
내가 사는 별에는 비 오고 바람도 분다마는
네가 사는 별은 햇빛 쨍쨍하더냐
우리는 어느 별에서 웃고 있더냐
늦은 저녁 퇴근길, 꽃향기를 가득 머금은
봄바람을 동무 삼아 집으로 돌아가며
밤하늘의 별들을 바라본다
외로이 빛나는 또 다른 나를 바라본다
사람과 사람 사이에는 쓸쓸함이 바람처럼 오가고
우리는 오늘 어떤 표정으로 살아 있더냐
만나면 온몸이 따뜻해져 오는 사람
너무 애틋해 눈물이 날 것 같은 사람
아니 미칠 것 같은 사람
그런 사람도 저 하늘의 별이 아니더냐
우리는 모두 어느 별이 아니더냐
사람은 누구나 슬프고도 아름다운
하나의 별이 아니더냐

운양초등학교

아주 작은 들꽃 같은 학교입니다 한 학년이 1반뿐이던 어깨동무 학교입니다 들판에서 보면 작아 보이지만 교실 안에서는 세상이 크게 보이는 학교입니다 가슴에 봄 여름 가을 겨울을 품고 풀꽃과 종달새와 아지랑이와 낙엽과 뒹굴던 순수 학교입니다 메뚜기도 잡고 잠자리도 잡고 새를 쫓으며 세상 꿈을 키우던 자연 학교입니다 1726년에 댕기머리 선배들이 한문을 배우던 서당이었다가 1943년에 초등학교로 문을 열었습니다 오랫동안 많은 아이들이 발가벗은 몸으로 냇가에서 멱을 감으며 가재를 잡으며 놀았습니다 키보다 큰 코스모스 길 숲에서 낄낄거리며 숨죽이며 숨바꼭질하며 놀았습니다 친구들과 마중물 넣고 펌프질로 퍼올린 물을 손바닥으로 마시던 기억이 새롭습니다 세월이 조금 지났기로서니 65명 친구들의 얼굴과 이름이 다 기억나질 않고 하얀 분필 가루만 날립니다 그 사이 세 학급의 더 조그마한 학교가 되었습니다 선생님도 아이들도 소사 아저씨도 추억도 많이 잊혔지만, 더운 여름날 그늘을 만들어 주던 느티나무와 플라타너스는 요즘도 선생님처럼 우뚝 서서 착하게 살라고 야단칩니다

그립지나 말지

―옛 사랑 노래

호수에 뜬 달을 보면
그대 생각이 나 자꾸 물에 빠진다
헛디디지 않으려 해도
자꾸만 자꾸만 물에 빠진다
철새 떼마저 숨죽인 호숫가에
길 잃은 나룻배 한 척 남겨 두고
외로이 달 속으로 먼저 간 사람아
보이지도 만져지지도 않으면
그립지나, 그립지나 말지
나 오늘 호수에 내려 앉은 달을 타고
하늘에 올라 그댈 만날 수 있을까?
보이지도 만져지지도 않는
가시연꽃 같은 사람아
어차피 얼굴을 못 본다면
차라리 그립지나, 그립지나 말지

*허난설헌의 시 「규원가閨怨歌」에서 영감을 빌림.

그 누군가를

그 누군가를 안다는 것이
얼마나 위험한 일이고
또 그 누군가를 안다는 것이
얼마나 행복한 일이냐?
니 인생의 누군가는 어떠했느냐?
위험했느냐? 행복했느냐?
증오했느냐? 사랑했느냐?
아니면 눈물겹도록 그리웠느냐?
너는 그럼 그 누군가의 무엇이었느냐?
기쁨이었느냐?
슬픔이었느냐?

교산蛟山*에 부는 바람

애일당 언덕
대나무 잎 부딪치는 소리
그 칼날 같은 소리를 타고
사백 년 전 한 사내가 남긴 눈물이
몸 안으로 조금씩 스며든다
사지 잘린 채 목만 걸린
광화문에서 쏟살같이 대관령 넘어
쑥부쟁이, 하평 들판을 가로질러
교산에 흩어지는 피 묻은 얼굴
교룡 발가락 닮은 교산에 태를 묻은 균아
죽을 때 억울하다 말 한 마디
시원하게 못한 슬픈 인생아
그대 영원한 평등의 친구여
깊고 깊은 억울함을 들고
이제 태를 묻은 교산으로 돌아와
더 이상 눈물을 참지 말고
그대 자신을 위해 울어라
다시는 누구의 인생을 위해 울지 마라
이른 새벽길 교산 언덕에 핀
제비꽃, 민들레, 질경이꽃에 앉은 이슬들

그 이슬 같은 그대의 눈물

그 누가 닦아 주지 않더라도

조금이라도 남은 시간이 있다면

대나무 바람 부는 교산에 올라 누워

그대 자신의 생을 위해 눈물 흘려라

지금 이 시간 생명을 가진 자

그 누구든 남은 시간이 있거든

그 시간을 끌어 안고 울어라

하늘은 눈이 쩔릴 정도로 푸르고

바람 부는 대나무 숲 사이

그대 얼굴 휘날린다

*허균이 태어난 애일당이 있던 곳으로 허균이 자신의 호로 씀.

모과나무꽃

　시골집 작은 언덕에는 큰 모과나무 한 그루가 있었다. 해마다 봄이 되면 모과나무는 어김없이 꽃을 피웠다. 할머니는 모과나무에 꽃이 피면 모과나무꽃을 마치 신을 모시듯 바라보며 기도를 했다.

　어느 날 하도 심심하여 모과나무꽃을 따서 무덤가에 핀 할미꽃과 패랭이꽃 주위를 동그랗게 울타리를 쳐주며 놀았다. 이 광경을 본 할머니가 이 꽃이 어떤 꽃인데, 이 꽃이…… 어떤 꽃…… 할머니는 모과꽃을 쓸어안고는 할미꽃 봉오리 같은 눈물을 흘렸다. 태어나서 처음이자 마지막으로 본 할머니의 분노 섞인 눈물이었다.

　난 영문도 모른 채 놀다만 자리를 어머니가 사 준 운동화 신은 발로 글그적거리며 먼 들판만 멍하니 바라보다 할머니가 언덕을 내려가자 죄책감에 칡넝쿨을 뜯어 모과나무 가지에 모과꽃을 다시 붙여 놓았다.

　시간이 흘러 가을이 되면 싱싱한 모과를 따 할아버지를 위한 막걸리와 내가 좋아하는 생선으로 바꾸시던 할머니는 그 사실을 아셨을까? 옛날 시골집 언덕에 우뚝 서서 해마다 꽃을 피워 내던 모과나무에는, 언제부턴가 꽃 대신 할머니 얼굴이 피었다.

가을밤

커다란 보름달이
창 너머로 살짝 내려와
혼자 교실을 지킨다

달빛에 여치 한 마리
창틈으로 들어와
선생님 교탁에 올라 앉는다

커다란 달님도
선생님이 무서워
슬금슬금 구름 속으로 도망간다

《강원일보》, 1972년)

해바라기

비 오는 날
창가에 우뚝 선
해바라기

비 맞을까 봐
창 너머로
고개를 쑥 빼고

누가 더
공부 잘하나
교실 안을 살핀다

(《어깨동무》, 1972년 12월호)

여름 하늘

구름이 조는
여름 하늘

7월의 더움을
한몸에 안고서
어디다 씻으려나

한 줄기의
파아란 시냇물에 씻고 싶겠지

하늘 구름
아기 구름

여름 하늘이
너무 덥다고

사알짝 시냇물에 내려와
멱을 감잔다

(1972년)

문구멍

우리 아가
뚫어 놓은 문구멍

사알짝
바깥세상 내다보면

엄마는 빨래
손질하시고

아가는
담 밑에서 바둑이하고 놀고

담 위엔 잠자리 한 마리
동그라미 그리며
하늘을 맴돈다

(《강원일보》, 1972년)

1960년 5월 19일(음력) 강원도 강릉시 사천면 사천진리 교산蛟山에서 태어나다. 교산은 허균이 태어난 곳이자 허균의 외할아버지 김광철의 애일당이 있던 곳이다.

1967년–1972년 운양초등학교 입학. 동시를 쓰다. 큰 안경 뿔테가 기억에 선명한 심복수 선생님의 지도로 소년잡지, 일간지 등에 동시가 실리다. 《어깨동무》에 「해바라기」란 시가 실렸는데, 당시 심사위원인 박목월 선생님께서 심사평과 함께 같은 제목의 시를 보내 주셨다.

1973년–1975년 사천중학교에 다니다.

1976년 강릉명륜고등학교 입학. 3년 동안 담임이셨던 심교화 선생님(수학)은 독서의 중요성을 말씀하시면서 햇볕이 가장 잘 드는 쪽에 삼중당 문고를 배치, 독서를 권장했다. 그때 나는 영어나 수학 공부보다 삼중당 문고를 읽는 것이 더 행복했다. 당시 학교에는 엄창섭, 조영수, 구영주 세 분의 시인 선생님이 계셨다. 엄창섭 선생님은 훗날 대학에서까지 인연을 맺게 된 오랜 인연의 스승이다.

1980년 가톨릭관동대학교 국어교육학과에 입학하다. 시인이 된 박세현(본명 박남철), 강세환, 염산국, 박수찬, 박명희, 홍극표, 이인화, 홍성례와 '섬' 문학 동인을 만들었고 그 멤버로 활동했다. 리더는 박세현, 군기 반장은 강세환 시인이었다. 문학평론가 장윤익 교수가 잠시 다녀갔으나 큰 영향을 받다. 대학에 휴교령이 내려지자 강릉에서 몇몇의 대학생들과 함께 연극 〈콜렉터〉(존 파울즈)를 시내에 있는 카페를 빌려서 하다. 공연 시작 전 무대가 일부 무너지는 우여곡절을 겪다.

1983년 입대. 강원도 양구에서 포병으로 근무하다. 이병 시절 월간 시 전문지《심상》신인상에 응모, 당선됐으나 연락이 닿지 않아 여러 달이 지난 후 소식을 받았다. 당시 최정호 대대장이 특별 휴가를 보내 주어 서울 원효로 심상사에서 심상사 주간이던 서울대 박동규 교수로부터 상패를 받았다. 나중에 안 사실이지만, 최정호 대대장은 군인이 되기 전 문학 청년이었다고 한다.

1985년 제대. 복학할 때까지 시간이 있어 서울로 놀러 다녔고 심상사에서 주관하는 해변시인학교에서 리어카로 짐을 나르고 담임교사를 하며 많은 시인들과 교류하다.

1986년 4학년에 복학. 당시 강릉 지역을 무대로 신승근, 박기동, 이언빈, 장병훈, 심재상, 이종린 시인 등이 참여하는 '바다시 낭송회' 멤버로 들어가 활동했다.

1987년 첫 시집『조그만 꿈꾸기』(청하) 출간. 대학을 졸업하고 잡지사에 입사해 3년을 근무했다. 이즈음 서울에서 많은 문인들과 교류했으며 원희석, 배문성, 김영승, 권태현 시인과 팍팍한 도심에 시를 배달하자는 취지로 통신문학지『시나무』동인을 결성해 활동했다.

1990년 두 번째 시집『따뜻한 길 위의 편지』(세계사) 출간. 신문사에 입사하여 문화부 연극 담당 기자를 한 게 인생의 큰 전환점이 되었다. 골수 연극 기자가 되었고 신문사보다 대학로에서 연극 보는 시간이 더 많았다.

1994년 세 번째 시집으로 연극 작품, 연극 배우, 연출가들을 시로 옮긴 연극 시집『우리들의 숙객─동숭동 시절』(공간미디어) 출간.

1995년 성균관대학교 대학원 공연예술학과 입학하다. 공연에 빠져 지내다 뮤지컬에 미쳐 '뮤지컬 보기 운동'을 펼쳤고, 한국뮤지컬대상을 제정했다.

1997년 네 번째 시집『불안하다, 서 있는 것들』(민음사) 출간. 최인호 소설「고래 사냥」의 극본(각색)을 PMC프로덕션의 대표인 송승환 씨로부터 의뢰받아 희곡 작업화, 예술의전당 오페라 극장에서 공연되다.

1998년 동향 출신의 작가 김형경의 소설「담배 피우는 여자」를 배우 손숙 선생의 모노 드라마 극본으로 쓰다. 임영웅 선생님 연출로 산울림 소극장에서 6개월간 장기 공연되다. 뮤지컬 안내서『뮤지컬 감상법』(대원사) 출간. 무용 대본「객인」, 안애순현대무용단의 서울국제무용제 출품작으로 서울문예회관에서 공연되다.

2002년 다섯 번째 시집『사람은 사랑한 만큼 산다』(민음사) 출간.

2004년 애초 뮤지컬 극본으로 쓴「곡예사의 첫사랑」을 시인, 극작가 겸 연출가인 이윤택이 서커스 악극으로 재탄생시켜 국립극장 하늘극장에서 공연하다. 드라마와 노래로

서커스가 혼합된 융합 공연이었다.

2008년 《스포츠조선》 편집국 부국장을 끝으로 22년 동안이나 일하던 기자 생활을 접다.

2009년 문화체육관광부 산하 (재)예술경영지원센터 대표가 되다. 한국의 공연 단체와 공연 예술을 해외에 소개하다.

2010년 여섯 번째 시집 『강릉』(작가) 출간. 단국대학교 문화예술대학원에서 초빙교수로 '문화콘텐츠개발론' 강의하다.

2012년 그동안 공부한 스토리텔링과 스페이스텔링을 실천하러 스마트한 건축가 김종천을 만나 '스토리 디자인'이라는 새로운 분야에 도전하다. 뮤지컬과의 질긴 인연으로 EMK뮤지컬컴퍼니의 예술 고문이 되다.

2014년 광주 하계 유니버시아드 대회 개폐막식 준비위원으로 참가, 스토리텔링 작업을 하다. 소설가 문순태 선생님을 모시고, 박명성 총감독과 광주에서 아이디어 회의를 하면서 대한민국은 어디를 가나 무궁무진한 이야기가 있는 나라란 사실을 실감하다. 사랑하는 고향 강릉문화예술관에서 시인 허난설헌의 시를 극본화한 음악극 《초희》 쇼케이스로 공연되다. 항상 느끼지만 나의 고향 강릉은 '이야기의 보물 창고'란 생각에 흥분되곤 한다.

2015년 단국대학교 대학원에서 논문 「창작 뮤지컬 극본 태양 화가의 창작 실제」로 석사학위를 받다. 12월에는 홍천의 서석면 생곡리 피리골 설화를 바탕으로 쓴 가족 동화 「홍천 꿈동이」(이병욱 작곡)가 홍천문예회관에서 음악극으로 공연되다.

2016년 단국대학교 대학원 문예콘텐츠/스토리텔링 전공 박사과정에 입학하다. 아트디렉터로 참여한 뮤지컬《마타하리》세계 초연되다. 1인 창조 기업 스토리 산업 연구소를 만들다.

시인의 고향

엄창섭(김동명학회 회장, 가톨릭관동대 명예교수)

　천년의 시향詩鄕으로 일컬어지는 꽃술처럼 아름다운 땅,
예성藥城(강릉) 태생의 박용재, 용하 시인이 그들의 시사를
정리하고 그 틀을 확고히 다지는 의미에서 형제 시집『길
이 우리를 데려다주지는 않는다』를 이처럼 묶어 낸 것은
영광된 일이다. '동종선근설同種善根說'에서 '구천 겁의 인
연으로 형제가 될 수 있고, 일만 겁의 연이어야 부모와 스
승으로 만난다'라는 교시敎示는 인간 관계의 층위에서 결
코 우연일 수 없다. 특정한 누군가를 만난다는 것은 때로
는 운명적이다. 따뜻한 감성과 맑은 영혼의 소유자인 박
용재 시인과의 첫 만남은 1976년 봄, 필자가 재직하고 있
던 고교 교정이었고, 개성적인 육성과 통렬하고 질박한 언
어로 무장한 박용하 시인 역시 1979년 같은 교정이었다.
형제가 탯줄을 묻은 공간이 교산蛟山(허균)과 '파초의 시인'
김동명이 태어난 강릉시(사천면)라는 지연地緣도 그러하
지만, 필자의 박사학위 논문이「김동명 시문학 연구」였으
니 그 인연 역시 사뭇 남다르다. 지향하는 시 세계는 다를
지라도 이들의 미적 주권이 두고두고 빛나기를 기원한다.

딱 지금까지의 세월만큼만

김상중(배우)

  사랑하는 용재 형!

  대학로에 막 입문한 풋내기 배우가, 형의 연극 리뷰가 큰 영향력을 미칠 정도로 필력을 가진 연극 담당 문화부 기자일 때 만나 어언 25년의 질긴(?) 인연을 이어오고 있음에 기쁘고, 같이 세월을 받아들임에 넉넉하기도 하네요. 당시 지갑까지 털어 여유 없던 연극쟁이들에게 술도, 밥도 사 주고 격려해 줬던 형의 푸근한 모습이 생각나는데 지금도 그 한결같은 성깔(ㅎ)에 존경을 표합니다. 그 인연이 형제 같은 우애를 다지고 있는 요즈음, 친형제가 동반 시집을 낸다는 소식을 듣고 친아우가 아닌 나하고도 이런 정을 나누고 있는데 얼마나 더 정겨운 얘기가 쓰여질지 그 기대가 이루 말할 수가 없네요. 그 정스러움은 알파고가 난다 긴다 해도 따라올 수 없는 인간의 향기라 생각해요. 형 딱 지금까지의 세월만큼만 더 만나자구요. 더 길면 짜증날 것 같아요. 형의 인간성에 열등감 생겨서요(ㅎㅎ). 형제의 인간애가 느껴지는 시구들이 한 구절 한 구절 사이다가 되길 기대하며 오랜 아우가 글 같지 않은 글을 남겨요.

쌍둥이—할머니의 얼굴과 어머니의 얼굴

함성호(시인)

쌍둥이—할머니의 얼굴과 어머니의 얼굴

함성호(시인)

쌍둥이들은 태내에서 대부분 형제를 잃는다. 온전히 쌍둥이로 태어나는 경우는 쌍둥이 임신 전체에서 2%에 불과하다. 그래서 쌍둥이로서 혼자 살아남은 한쪽은 심한 상실감에 시달린다. 그런 아기들은 생을 알기 전에 죽음을 먼저 만나고 겁에 질린 상태에서 태어난다. 형제를 지켜주지 못했다는 자괴감과, 죽음에 대한 공포로 그는 세상에 나와서도 무의식적인 불안을 느끼는데, 버림받거나, 거부당하거나, 이별의 상황을 잘 받아들이지 못하게 된다. 홀로 태어난 쌍둥이 중에는 태내 조건의 불안으로 형제를 죽이고 살아남는 경우도 있다. 그런 경우에는 성인이 되어서 그의 내부 어딘가에 태내의 형제가 죽은 채로 발견되기도 한다. 이러한 쌍둥이의 태내 살해는 바깥 세상에 나와서는 형제 살해로 이어진다. 그 중에 가장 잘 알려진 얘기가 성경에 나오는 카인과 아벨의 신화다.

카인은 왜 아벨을 죽였을까? 성경에서는 질투 때문이라고 한다. 그리고 형제의 질투는 아버지의 인정에 연원한다. 구약의 신은 벌의 형식으로 인간에게 가하는 잔혹성과 폭력성이 학살 수준이다. 그런 신에게 아벨은 양을 번제했고, 카인은 곡물을 드렸다. 신은 유목을 했던 아벨의 제물은 받았지만 농경을 했던 카인의 제물은 받지 않았다. 아마도 카인은 왜 아버지가 동생의 제물만 받았는지에 대해서는 깊게 생각하지 않았던 것 같다. 아버지에게도 이유는 있었다. 기독교 신화에서 시간과 땅, 자연은 인간에게 주는 신의 선물이다. 유목은 그 선물을 훼손하지 않는다. 유목민들은 계절의 변화에 맞춰 풀을 찾아 이동할 뿐이다. 그런데 농경은 그렇지 않다. 땅을 파고(부수고), 씨를 심고(풍경을 바꾼다), 수확한다(잉여). 신은 자기의 선물을 훼손하는 농경민인 카인의 제물을 받지 않았던 것이다. 그러나 카인은 성급하게 아버지의 사랑을 독차지할 것만 생각하고 아벨을 죽였다. 인류 최초의 살인이 형제 살해라는 것은 의미심장하다.

모든 형제는 쌍둥이가 아니더라도 형제가 죽은 상실감과 동시에 살해의 충동을 느낀다. 이 상실감과 살해의 교차와 갈등과 번민이 형제애를 설명해 준다. 그런 점에 국한해서 말한다면, 사실 형제들은 그 태어난 시간이 멀고 가까울 뿐 쌍둥이라고 봐야 한다. 그들은 형제가 없어서 상실감을 느끼는 것이 아니라 있어서 상실감을 느끼고, 그 상실감으로 인해 서로의 생에서(존재에서) 죽음을 느낀다. 그 모든 것이 아직 실제로 나타나지 않은 현상이므로 불안이다. 형제들은 서로가 서로에 대해서 불안이다. 그것이 세계의 불안으로 확장해 나감은 당연하다.

당신이 살아가는 저녁 나라는 너무 난해하다.

늘 황사 바람이 떼 지어 달리고, 무서운 사랑의 소리가 힘줄을 세워 말하는 동해안 어느 작은 마을에서 떠오르는 설움 박힌 눈물 한 방울.

칡뿌리를 씹으며 저무는 길을 걸어가 보아라.
질경이꽃 몇 개가 적당한 간격을 두고 흔들리고 있는 들판을 지나 어둠의 깊이로 들어가 보아라.

마을 뒷산의 황토 위에 흘린 피의 자죽. 끌려 가는 바람의 떼, 바람의 노래들.

그것은 난해한 상징이다.
—「작은 마을에서」 전문(박용재)

박용재의 시는 온통 그런 불안의 예감으로 가득 차 있다. 그가 노래하는 포구, 꽃, 새 등의 것들은 아름다움을 그 자체로 노래하지 않는다. 아니, 못한다. 세계의 불안을 경험하고 있는 자는 모든 것이 징조이기 때문이다. 징조는 조짐이고 낌새다. 한자로는 '기幾'고 우리 한자로는 '기미幾微'이다. 『주역』의 「계사전 하」에는 기미를 "기미란 움직임의 은밀함이고 길(흉)이 먼저 나타나는 것이다幾者, 動之微, 吉之先見者也."고 얘기하고 있다. 정현종은 「고통의 축제」에서 "만일 당신이 생生의 기미幾微를 안다면 나는 당신을 사랑합니다"고 노래했다. 기미는 항상 불안한 자들이 가장 먼저 알아챈다. 보다 현실적인 사람들은 이 기미를 알고 대비한다. 그래서 그런 사람들은 "날이 다할 때까지 기다리지 않는다不俟終日." 기미의 상징을 읽어 내고 거기에 미리 대처하는 것이다. 그러나 시인들은 그 기미를 사랑한다. 그 기미가 장차 어떤 재난이나 사고를 드러내 주는 것인가, 하는 것보다 그 흔들림, 묘妙한 구조를 사랑한다. 그것이 "난해한 상징"인 이유는 그가 그것을 언어로 살아 내야 하는 운명에 처해 있기 때문이다. 언어의 불가능성은 대상과 영원히 일치할 수 없다는 데서 오는 것이지만, 대상에 대한 망설임이기도 하다.

흔들리지 않는 물로 흐르고 싶어

―「자정 부근」 중에서(박용재)

나는 박용재의 눈이 사람들에게서 자꾸 어떤 기미를 읽어 내려고 애쓰는 걸 눈치채고 있다. 그의 눈빛은 자로 잰 것 같은 눈빛이다. 반짝였다가 가라앉고 다시 반짝인다. 선한 눈빛이지만 자기가 물러날 거리를 똑바로 재고 있는 눈빛이다. 시밖에 모르는 시 바보 박용하와 달리, 그가 문화 기획자로도 왕성히 활동할 수 있는 것은 기미를 알아채는 시인으로서의 덕목과 자로 잰 듯한 눈빛 때문일 거라고 믿는다. 박용재의 눈빛이 필요할 때마다 날아오는 표창 같은 눈빛이라면 박용하의 눈빛은 창끝 같은 눈빛이다. 그의 눈빛은 한 번에 날아와서 꽂히고 적중해서도 빠지지 않는다. 그의 먹이가 된 대상은 계속 그 창에 꽂혀 있어야 한다. 그의 병법에는 오직 이기는 것밖에 없다. 후퇴, 우회, 이런 말은 그의 병법에선 도통 찾아볼 수가 없다. 그러나 둘 모두 털어 버릴 때의 눈빛은 같다. 그 자리에서 훌훌 털어 버린다.

그러니까 매순간 살아야 한다
그러니까 매순간 죽어야 한다
그러기 위해선 날아야 한다
매순간 심장을 날아야 한다
그러니까 심장을 날기 위해선
매순간 사랑해야 한다

그러니까
지금 사는 곳이
늘 가장 깊은 곳,

그러니까
우리 겨드랑이보다
우리 어깻죽지보다 넓은 곳은 없어라
그러니까
우리 눈동자보다
우리 머리카락보다
우리 손등보다 깊은 곳은 없어라

그러니까 매순간 빛이어야 한다

그러니까 매순간 어둠이어야 한다

그러기 위해선 살아야 한다

매순간 심장을 살아야 한다

그러니까 심장을 살기 위해선

매순간 죽어야 한다

그러니까 매순간 태어나야 한다

그러니까 매순간 삶을 까먹어야 한다

—「행성」전문(박용하)

아주 오래된 얘기다. 어느 날 박용하에게서 연락이 왔다. 그때는 휴대전화도 없는데, 매일 만나서 술잔을 기울이던 날들이었으니, 연락이라 해도 새삼스러울 것이 없었던 때다. 내용인즉슨 취직을 했다는 것이었다. 박용하의 입에서 나온 취직이라는 말은 '추직' 혹은 '츄즉' 혹은 '취기'처럼 들렸다. 그에게는 너무도 어울리지 않는 말이었기에 그는 그 발음도 제대로 못하는 것 같았다. 용재 형이 이렇게 저렇게 놀고 있는 동생을 위해 일자리를 알아봐 주었다는 것이다. 그런 자리에서 하는 말이야 늘 같다. 축하한다는 말과, 첫 월급 타면 거하게 한잔 사겠다는 말. 그는 그 말을 하며 입가를 최대한 찢으며 눈까지 웃었다. 그렇게 우리는 술을 마셨고, 헤어졌다. 돌아오면서 나는, 이제 용하와는 자주 못 보게 될 걸 슬퍼하고 있었다. 그런데 다음 날 오후 4시쯤 전화가 왔다. 용하였다. "어때?" 당연히 첫 출근의 감회를 물었던 것이다. "때려쳤다." 아주 예상을 못했던 것은 아니지만 좀 황당했다. 그때 내 머릿속에는 아이구, 우리 용재 형은 어떡하나, 였다. 박용하야 그렇다 해도, 동생 사람 구실하게 하려고 이런저런 선을 대면서 애썼고, 동생의 사람됨을 강조했을 텐데…… 용재 형 얼굴이 걱정되었다. "술이나 한잔 하자." 무슨, 일곱 시간 만에 직장을 때려치고 나온 사람과 마시는 술이 엄청 맛있었던 것은 그걸 빌미로 세상과 화해 못하겠다고 내린 확고한 결론 때문이었다.

어둠 속에서
이제 그만이래도
이제 그만 누우래도
빗소리를 껴안고 내리는 비의 세계

—「비 내리는 세계」 중에서(박용하)

모든 시는 낙원을 잃고 쓴다. 그래서 모든 시는 낙원을 그리워한다. 그것이 정말 낙원이었나 하는 회의는 그다지 중요하지 않다. 시는 그것까지 포함하니까. 사천 바닷가는 박용재, 박용하 두 시인의 고향이다. 이 두 시인의 시에는 많은 공통점이 보인다. 예를 들면, 새. 보통 육지에서 자란 사람들은 새가 날아가는 운동성을 그리지만 동해안의 바닷가에 새들은 (바람 때문에) 날아간다기보다는 떠 있어서 아래위로 부유하는 상승감이 더 승하다. 예를 들면, 공간감. 관동 지방은 크게 산과 바다로 공간이 나뉜다. 어디서나 이 두 공간이 같이 있어서 공간을 이동해 봐야 거기서 거기다. 그래서 꼭 장소의 이동은 '넘는' 것으로 표현된다. 둘 중의 하나가 보이지 않거나, 둘 다 보이지 않는 곳이어야 장소의 이동이 이루어진다. 그리고 포구에 대한 이미지들, 이런 것들은 두 시인들에게 빈번히 나타나는 이미지다. 이미 잃어버린 낙원에 대한 이런 풍경들은 박용하에게서는 이미지의 전도 현상을 보이고, 박용재에게는 결코 잃을 수 없는 원형으로 자리 잡는다. 그가 초등학교 때 쓴 뛰어난 동시들은 그대로 그가 성인이 된 후에 쓴 시의 원형을 이루기도 한다.

　시골집 작은 언덕에는 큰 모과나무 한 그루가 있었다. 해마다 봄이 되면 모과나무는 어김없이 꽃을 피웠다. 할머니는 모과나무에 꽃이 피면 모과나무꽃을 마치 신을 모시듯 바라보며 기도를 했다.
　어느 날 하도 심심하여 모과나무꽃을 따서 무덤가에 핀 할미꽃과 패랭이꽃 주위를 동그랗게 울타리를 쳐 주며 놀았다. 이 광경을 본 할머니가 이 꽃이 어떤 꽃인데, 이 꽃이…… 어떤 꽃…… 할머니는 모과꽃을 쓸어안고는 할미꽃 봉오리 같은 눈물을 흘렸다. 태어나서 처음이자 마지막으로 본 할머니의 분노 섞인 눈물이었다.
　난 영문도 모른 채 놀다만 자리를 어머니가 사 준 운동화 신은 발로 글그적거리며 먼 들판만 멍하니 바라보다 할머니가 언덕을 내려가자 죄책감에 칡넝쿨을 뜯어 모과나무 가지에 모과꽃을 다시 붙여 놓았다.
　시간이 흘러 가을이 되면 싱싱한 모과를 따 할아버지를 위한 막걸리와 내가 좋아하는 생선으로 바꾸시던 할머니는 그 사실을 아셨을까? 옛날 시골집 언덕에 우뚝 서서 해마다 꽃을 피워 내던 모과 나무에는, 언제부턴가 꽃 대신 할머니 얼굴이 피었다.

—「모과나무꽃」 전문(박용재)

패랭이꽃 울타리를 만들었던 모과나무꽃 대신에 할머니의 얼굴이 피어나던 모과나무. 완벽한 시라기보다는 가슴 멍하게 만드는 시적 산문이라고 해야 더 정확한 이 시에서 할머니의 얼굴은 어느새 시인 자신의 얼굴이 된다. 더 이상 모과나무꽃은 모과나무꽃이 아니고, 할머니의 얼굴은 할머니의 얼굴만이 아니다. 모과 열매가 할아버지가 좋아하는 막걸리로 바뀌고, 내가 좋아하는 생선이 되듯이, 성인이 된 시인은 이제 할머니의 삶을 물려받는다. 아버지를 걱정해야 하고, 어머니를 걱정해야 하고 철없는 동생까지 챙겨야 하는 가장이 된 것이다. 할미꽃과 패랭이꽃 주위에 모과나무꽃을 둘러 주던 소년은 잃어버린 낙원에만 존재한다. 박용재는 이렇게 자신의 쌍둥이를 잃어버리고 만다.

할아버지가 부려먹었다
아버지가 부려먹었다
첫째아들이 부려먹었다
둘째아들이 부려먹었다
첫째며느리가 부려먹었다
둘째며느리가 부려먹었다
첫째손자가 부려먹었다

둘째손녀가 부려먹었다

밥 번다는 이유로
평생 싼값에 부려먹었다

회초리같이 가느다란 사람,
암에 걸려 수술대 위에 걸려 있다

—「어머니」 전문(박용하)

　　박용재가 할머니의 얼굴을 떠올리며 낙원의 상실을 그릴
때, 박용하는 어머니의 가느다란 몸을 보며 분노한다. 그가
분노하는 이유는 그에게 낙원은 영영 잃어버린 것이 아니라
되찾아야 할 영토이기 때문이다. 박용재가 쌍둥이 형제의
죽음에 대해 상심하고 그것을 그리워할 때, 박용하는 쌍둥
이 형제의 죽음보다 그와 같이 있었던 어머니의 뱃속, 그 태
내의 영토를 회복하고자 한다. 이 지점이 박용하 시의 보편
적 공감대가 형성되는 지점이기도 하다. 사실 서로 다른 두
시인이 형제라는 이유로 같이 읽는 것은 객관적인 독서는 아
니다. 그러나 그 이유가 아니면 언제 우리가 한 집안의 시인
들을 이렇게 꼼꼼히 비교해 볼 수 있겠는가?
　　지금에야 자연스럽게 어쩔 수 없는 일이 되었지만, 초기에
는 박용재와 박용하가 형제라는 사실을 안 사람들은 다 혀를
찼다. 집안이 어찌 되려고 한 집안에 둘씩이나 시인이 나온
다는 말인가? 그러나 둘이 있을 때야 어떻든 간에 남들 앞에

서 두 사람은 전혀 형제같이 굴지 않았다. 얼굴이야 닮긴 닮았지만, 서로 데면데면 굴었다. 그래서인지 한 집안 두 시인이라는 말은 점점 줄어들었다. 아무리 박용하가 승부사 기질이 있다 하더라도 그가 단 한 번이라도 형보다 잘 써야 한다고 생각했던 것 같지는 않다. 왜냐하면 그는 언제나 자기가 제일 잘 쓴다고 생각하고 있으니 말이다. 하지만 형만 한 아우 없다고 한다. 이 말은 박용하가 종종 용재 형이 취직자리 알아봐 줄 때마다 나에게 한 얘기다. 여기, 이 시를 읽어 보니 정말 그런 것 같다.

나는 위험한 짐승처럼
헉헉거리며 불임의 세월 속을
헤엄치고 있었다
눈도 내리지 않던 그해 겨울의
낯선 도시에서
아우가 시인이 되었다는 소식을 들었다
태양은 겨울 묘지 위에
어김없이 떠오르고
새들은 하늘을 장악하듯
자욱하게 날았다
사람들의 얼굴마다
나무껍질 같은
고통의 버짐이 피고
지상의 나무들은

긴 동면의 시간 속에서
꿈틀거리고만 있었다
아우여, 그대 우울한 희망이여
바람은 늘 그대 쪽으로 분다

—「바람은 그대 쪽으로」 전문(박용재)

야아, 용하야, 등단했다고 이런 시로 기념해 주는 형이 있다니, 멋있구나 야.